Das Endlose Eismeer
Reghed Gletscher
DER GRAT DER WELT
Fluss Mirar
Die Craggs
Der Lauerwald
NESME
ZITADELLE FELBAR
ZITADELLE ADBAR
LANGSATTEL
SILBRIGMOND
Niewinter Wald
Ewiges Moor
IMMERLUND
DREIEBER
YARTAR
Die verlorenen Gipfel
Sternenberge
LEILON
WESTBRÜCKE
Der Ferne Wald
Anauroch
ROTLÄRCHE
Der Hochwald
Fluss Dessarin
Die Lange Straße
LAUTWASSER
SECOMBER
LLORKH
Schwertmeer
DOLCHFURT
Das Hochmoor
PARNAST
Die Schwarze Straße
Schlangenhügel
GRAUMANTELHÜGEL
DRACHENSPEER
Mintarn
Najara
HÜGEL DER VERLORENEN SEELEN
Wyrmwald
Das Winkelwasser
KNOCHEN- SCHLACHT
SOUBAR
Die Felder der Toten
DRACHEN- BRUNNEN
DUNKELFESTE
TRIEL
Fluss Chionthar
ELTUREL
DUNKELFESTE
Tuhmarch
KERZENBURG
BERDASK
BEREGOST
IRIAEBOR
GRÜNNEST
OSTINGEN
DIE SCHWERT KÜSTE
NACH AMN
N
BLANDO

DUNGEONS & DRAGONS

EHRE UNTER DIEBEN

Das Buch zum Film

Romanfassung von David Lewman
in Anlehnung an das Drehbuch von
Jonathan Goldstein & John Francis Daley

Aus dem Englischen von
Maxi Lange

SCHNEIDERBUCH

1. Auflage 2023
Deutsche Erstausgabe

Originaltitel: »Dungeons & Dragons. Honor Among Thieves. The Junior Novelization«
Erschienen bei Random House Children's Books, a division of Penguin Random House LLC, 1745 Broadway, New York, NY 10019.
Text: David Lewman, in Anlehnung an das Drehbuch von Jonathan Goldstein & John Francis Daley
Umschlaggestaltung: Frauke Schneider unter Verwendung von Bildmaterial von Dungeons & Dragons © Wizards of the Coast LLC.
Gesetzt aus der Cochin von GGP Media GmbH, Pößneck
Druck und Bindung: GGP Media GmbH, Pößneck
Printed in Germany · ISBN 978-3-505-15115-6

www.schneiderbuch.de
Facebook: facebook.de/schneiderbuch
Instagram: @schneiderbuchverlag

Klimaneutral Druckprodukt
ClimatePartner.com/15109-2009-1001

MIX Papier
FSC FSC® C014496

KAPITEL 1

Der Großkontinent Faerûn besteht aus vielen Landschaften und Königreichen. Im Süden liegen dampfende Dschungel, während sich im Norden Eis und Schnee bis zum Horizont erstrecken. Es ist ein eisiges Reich aus endlosem Weiß, das den passenden Namen Frostweite trägt.

Vor langer Zeit beschlossen die Mitglieder des Rats der Lords den Bau eines ausbruchsicheren Gefängnisses in Frostweite, das besonders gefährliche Kriminelle beherbergen sollte. Daraufhin wurde hoch über dem wegen seiner tückischen Eisberge gefürchteten Treibeismeer auf einer zerklüfteten Klippe eine riesige steinerne Festung errichtet. In der Mitte der Konstruktion ragte ein hoher Turm auf, der die zahlreichen vergitterten Zellen beherbergte.

Die Lords nannten das Gefängnis Frohsinnsend.

Eines frostigen Tages, an dem der Wind den Schnee zu hohen Wehen auftürmte, rauschte ein Pferdeschlitten über das Eis auf die beeindruckenden Gefängnistore zu. Auf dem von einer bewaffneten Wache gesteuerten Gefährt ruhte ein eiserner, mit Ketten und Vorhängeschlössern gesicherter Frachtraum, der von zwei weiteren Wachen flankiert wurde. Die Gefängnistore öffneten sich, kurz darauf kam der Schlitten im steinernen Gefängnisinnenhof zum Stehen. Die riesigen Rösser stampften mit den Hufen auf, um sich warmzuhalten, und bliesen weiße Dampfwolken aus den Nüstern in die eisige Luft.

Der Fahrer und die beiden Wachen sprangen vom Schlitten und eilten zur Rückseite, um die Übergabe ihrer Fracht möglichst schnell hinter sich zu bringen und nach Hause zurückkehren zu können. Schwer bewaffnete Gefängniswärter in dicken Wintermänteln gesellten sich zu ihnen. Der Fahrer entriegelte die Frachtraumtür, zog sie auf und ein Gefangener mit Schellen an Armen und Beinen kletterte heraus.

Der Fahrer identifizierte ihn als Gorg, einen narbenübersäten, muskelbepackten und über zwei Meter großen Hobgoblin mit Spitzohren und langem, schwarzem Haar, das ihm über die Schultern den Rücken hinabhing. Mit eiskaltem Blick beobachtete er die Wachen, die seine Ketten an einer quer über den Boden des Gefängnishofs verlaufenden Stange befestigten.

»Wo ist der andere Gefangene?«, wollte eine Wache vom Fahrer wissen. Heute hatten eigentlich zwei Sträflinge in Frohsinnsend ankommen sollen.

Die Gefängniswachen zerrten eine Leiche aus dem Frachtraum. Der Kopf des Toten war verdreht, sodass das Gesicht nach hinten zeigte. Sofort wanderten die fragenden Blicke der Versammelten zum turmhohen Hobgoblin.

»Die Fahrt war holprig«, spöttelte Gorg.

Vier Wachen führten ihn durch die steinernen Korridore des düsteren Gefängnisses. Die anderen Insassen beobachteten die Prozession schweigend. Sie waren viel zu verfroren, um den Neuankömmling mit Schmährufen zu triezen. Dann hielten die Wachen endlich an, befreiten Gorg von den Fesseln und stießen ihn in eine Zelle, deren Tür sich krachend schloss. *KLONG!*

Gorg musterte finster seine beiden Zellengenossen: Da war ein Mann, den die Wachen Edgin genannt hatten, und eine Barbarin namens Holga. Edgin hatte einen struppigen Bart, lange, strähnige Haare, dunkle Augenbrauen und schlaue blaue Augen. Holga war kleiner als Edgin, aber von starker und beeindruckender Statur, mit zahlreichen Tätowierungen und langem, schwarzem Haar.

Sie saß auf einer Steinplatte, aß seelenruhig eine Kartoffel und ignorierte den Neuankömmling völlig. Edgin hingegen sah von seiner Strickarbeit auf. »Oh, wunderbar«, kommentierte er sarkastisch. »Ein neuer Zellengenosse.« Er wandte den Blick zur vergitterten Zellentür. »Lucas, siehst du hier drin irgendwo ein drittes Steinbett? Ich nämlich nicht!«, rief er einer der Wachen zu.

Der Mann ignorierte die Frage und stiefelte davon.

Edgin wandte sich wieder Gorg zu: »Nichts für ungut«, sagte er. »Du bist bestimmt ganz entzückend. Lass mich dich herumführen.« Ohne von seinem steinernen Sitzplatz aufzustehen, zeigte er auf einen gefrorenen Eimer. »In der Ecke findest du das Badezimmer und, … tja, das war's schon.«

Gorg ignorierte Edgin und betrachtete stattdessen Holga. »Wie heißt du, Mädchen?«

Unbeeindruckt vom riesigen Hobgoblin biss Holga von ihrer Kartoffel ab. Kauend starrte sie an Gorg vorbei Richtung Korridor.

»Das ist Holga«, informierte ihn sein Zellengenosse. »Ich bin Edgin. Und wie heißt du?«

Gorg hielt den Blick weiterhin auf Holga gerichtet. »Ich war schon in vielen Zellen«, verkündete er mit tiefer, knarzender Stimme. »Aber noch nie mit einer Frau. Ich glaub, hier wird's mir gefallen.«

Edgin schüttelte den Kopf. »Wenn ich dir einen Rat geben darf: Holga mag es überhaupt nicht, wenn man sie beim Verzehr ihrer Kartoffel stört. Ist so was wie der Höhepunkt ihres Tages.«

Gorg wirbelte herum und warf Edgin einen finsteren Blick zu. »Halt die Klappe, Mann!«

»Klar doch«, meinte Edgin und hob beschwichtigend die Hände. Dann zeigte er auf Holga. »Nur zu.«

Der Hobgoblin machte einen Schritt auf die Frau zu. Bei seiner Körpergröße reichte es aus, um die Zelle vollständig zu durchqueren. Er lächelte und entblößte einen Mund voller zackiger Zähne. »Kalt hier drin. Was hältst du davon, wenn wir uns ein bisschen aufwärmen, hm, Süße?«

Ohne ihn anzusehen, breitete Holga ein Stück Stoff auf ihrem Steinbett aus und legte vorsichtig den Kartoffelrest darauf.

»Zier dich nicht«, grollte Gorg und streckte die Hand nach ihr aus. »Ich könnte dich sehr glücklich ma…«

KNACKS! Blitzschnell schlug Holga dem Hobgoblin gegen die Knie und bog sie dabei nach hinten. »AAAHHH!«, brüllte er und fiel krachend zu Boden. Brutal trat sie seinen massigen Körper aus dem Weg, wobei sein Kopf gegen den gefrorenen Eimer prallte. Dann rührte Gorg sich nicht mehr. Holga klopfte sich den Staub von den Händen, nahm ihre Kartoffel und aß seelenruhig weiter.

Unbeeindruckt von der Rauferei wandte Edgin sich wieder seiner Handarbeit zu. »Ich glaube, ich lasse die Finger weg und stricke einfach Fäustlinge«, murmelte er. »Wozu der Aufwand?«

Später am selben Tag standen Edgin und Holga in einer Reihe aus aneinandergeketteten Gefangenen und hackten unter den aufmerksamen Blicken bewaffneter Wachen Eisbrocken aus einem gefrorenen Fluss. Um sich die Zeit zu vertreiben und von der bitteren Kälte abzulenken, stimmte Edgin eine fröhliche Melodie an: *»Kein Glück gehabt, noch göttlich Los …«*

»Hör mit dem Gejaule auf!«, bellte ein groß gewachsener Wachmann namens Tobias.

Lächelnd winkte Edgin ihm zu, während er Holga zuraunte: »Morgen kommt der Absolutionsrat. Dann wird entschieden, ob sie uns begnadigen oder nicht.«

»Mach dir keine Hoffnungen«, riet ihm Holga.

»Aber diesmal ist Jarnathan dabei«, wandte Edgin ein. »Ein Aarakocra.« Aarakocra waren Kreaturen, die aussahen wie wilde Raubvögel, aber aufrecht gingen und wie Menschen sprachen. Sie waren bekannt für ihren luftigen Freiheitsdrang und ihre Abneigung gegen jegliche Art von Käfigen. »Wenn uns einer freispricht, dann er.«

Holga hievte sich einen Eisbrocken auf die Schulter, als wiege er nicht mehr als ein Brotlaib, und murmelte: »Vergiss es.«

»Ich wünschte, du wärst ein bisschen zuversichtlicher«, beschwerte sich Edgin.

»Hab ich mal versucht«, entgegnete ihm Holga trocken. »War nichts für mich.«

Edgin straffte die Schultern. »Wirst schon sehen. Heute ist der letzte Tag, an dem wir Eis hacken.« Er machte ein nachdenkliches Gesicht. »Wozu machen wir das eigentlich? Hast du dich das je gefragt?«

»Schon«, räumte Holga ein.

»Benutzen sie das Eis für irgendetwas, nachdem wir es abgeliefert haben?«

»Keine Ahnung.«

»Ich frage einfach«, meinte Edgin entschlossen und drehte sich zum Wachhauptmann um. »Tobias, mein Lieber! Darf ich dich etwas fragen?«

Tobias blickte ihn finster an und bellte nur: »Kopf runter! Weiterhacken!«

Edgin gehorchte, aber wisperte Holga zu: »Ich wette, er weiß es selbst nicht.«

Genau in dem Moment – *KRRRRACK!* – brach das Flusseis und ein Gefangener am Ende der Schlange stürzte ins klirrend kalte Wasser. Verzweifelt ruderte er mit den Armen, während seine Mitinsassen versuchten ihn herauszuziehen. Aber auf dem glitschigen Eis fanden sie keinen Halt und wurden langsam, aber sicher in Richtung Loch gezogen. Das Einzige, was den Unglücksraben vor der Strömung bewahrte, waren seine Fesseln.

Tobias eilte zur Unfallstelle und zog sein Langschwert, das er hoch über den Kopf hob und auf die Kette niederfahren ließ. *KLONK!* Sie zersprang klirrend. Das am Ertrinkenden befestigte Ende schlängelte sich übers Eis und verschwand im schwarzen Wasser. Dann wurde er von der Strömung in die eisigen Tiefen gezogen. Die anderen Gefangenen starrten auf das Loch, aus dem Luftblasen aufstiegen und zerplatzten. Dann beruhigte sich das Wasser.

»Zurück an die Arbeit, ihr nutzlosen Schnecken!«, befahl Tobias. Zögerlich wandten sie sich nach und nach wieder ihrer Aufgabe zu – wenn auch etwas vorsichtiger als zuvor, um dem Schicksal ihres Kameraden zu entgehen.

»Tobias hat heute miese Laune«, stellte Edgin fest.

KAPITEL 2

Am nächsten Tag wurden Edgin und Holga von einigen Wachen die Turmtreppe hinauf in eine Kammer mit einem einzelnen großen Fenster geführt, um vor dem Absolutionsrat vorzusprechen, der heute über ihr Schicksal bestimmen würde. Im Raum saßen Kanzler Anderton, ein Mensch, Baroness Torbo, eine Halblingfrau und Kanzler Norixius, ein Drachengeborener. Ein vierter Sessel neben den Ratsmitgliedern war leer.

Wo ist Jarnathan, der Aarakocra?, dachte Edgin besorgt.

»Im Namen des Rats der Lords erkläre ich den Absolutionsrat hiermit für eröffnet«, verkündete Kanzler Anderton mit erhabener Stimme. »Wir verhandeln die Fälle Edgin Darvis und Holga Kilgore.« Er entrollte ein Pergament und fing an zu lesen: »Ihr befindet euch im zweiten Jahr eurer Gefangenschaft für schweren Diebstahl und Betrug. Es ist Aufgabe dieses Rates, über eure Eignung für eine Begnadigung zu entscheiden.« Er sah von der Schriftrolle auf und musterte Edgin und Holga, denen inzwischen die Fesseln abgenommen worden waren. »Was habt ihr vorzubringen?«

Edgin stand auf und räusperte sich. Holga blieb auf ihrem Stuhl sitzen. »Vielen Dank, Kanzler Anderton und geschätzte Ratsmitglieder«, sagte Edgin. »Bevor ich anfange … Mir ist aufgefallen, dass Kanzler Jarnathan nicht hier ist. Sollten wir seine Ankunft nicht abwarten?«

»Kanzler Jarnathan verspätet sich aufgrund des Sturms«, erklärte Baroness Torbo. »Wir beginnen ohne ihn.«

»Verstehe«, meinte Edgin angespannt. »Es ist nur so, dass wir sehr auf seine Anwesenheit gehofft hatten.«

Kanzler Anderton bedachte ihn mit einem strengen Blick. »Bring jetzt deine Aussage vor oder verzichte ganz.«

Edgin holte tief Luft und ließ sie entweichen. »Also dann. Ich werde etwas weiter ausholen, um Euch einen angemessenen Kontext zu geben. Es mag Euch überraschen, aber ich war nicht immer ein Dieb.«

Während er dem Rat seine Geschichte erzählte, stellte sich Edgin die damaligen Ereignisse vor. Er begann mit einem Tag vor elf Jahren, als er bei den Harfnern aufgenommen worden war, einem uralten Orden findiger Agenten, die Informationen sammelten und aus den Schatten heraus für Gerechtigkeit sorgten. Edgin hatte an einem Wasserfall im Wald gestanden, neben ihm seine schwangere Frau Zia, und die Hand auf ein Buch gelegt, in dem der Harfnerkodex festgehalten war. »Vor Jahren«, berichtete er dem Rat, »schwor ich einen Eid, die Tyrannei zu bekämpfen, die Unterdrückten zu beschützen und im Austausch nichts zu verlangen.«

Edgin dachte an den Moment zurück, als ein Elf das Harfnerabzeichen an seine Brust geheftet hatte. Zia hatte ihren Mann umarmt, stolz auf sein nobles Opfer. »Meine Gattin Zia unterstützte meine Entscheidung, obwohl ihr die Risiken wohlbekannt waren. Zum Beispiel, dass unser ungeborenes Kind möglicherweise ohne Vater aufwachsen würde.« Er hielt einen Moment inne und dachte an Frau und Tochter zurück. »Tagsüber beschützte ich die Bewohner von Faerûn vor Kreaturen, Kriminellen und Kretins.«

Er erinnerte sich an einen Spionageauftrag, für den er sich als Lautenspieler ausgegeben hatte. Ein anderes Mal hatte er als Bettler verkleidet einem Räuber mithilfe seiner Laute ein Bein gestellt, die er für derlei Situationen hatte speziell verstärken lassen. Einmal hatte er mit zwei Harfnerkollegen einen schurkischen Roten Magier aus Thay aus seinem mit Schätzen gefüllten Versteck gelockt und abgeführt.

»Nachts kehrte ich zu meiner geliebten Frau und zu meiner Tochter Kira zurück. Unser Heim war … bescheiden.« Edgin dachte an die winzige Hütte, die mageren Mahlzeiten und die Lumpen, die seine Tochter getragen hatte. »Ehrlich gesagt gab es mehrere Momente, in denen ich an dem Teil des Harfnereids gezweifelt habe, der Besitzlosigkeit vorschreibt.«

Ein Bild huschte durch Edgins Kopf: Zia beim Abendessen, die ihm ein Stück Karotte ins Gesicht warf, um ihn zum Lachen zu bringen. »Aber meine Frau hat immer gesagt«, fuhr er fort, »du musst uns nicht alles geben. Nur dich.« Kurz hing er der Erinnerung nach, dann zwang er sich zurück in die Gegenwart. »Ähm … gibt es schon Neuigkeiten zu Jarnathans Ankunft? Ist er in der Nähe? Ich kann gern warten …«

Kanzler Norixius starrte ihn an, sein Blick finster inmitten der Reptilienschuppen, die sein gesamtes Gesicht bedeckten. »Hast du vorhin nicht zugehört?«

»Richtig, der Sturm«, sagte Edgin. »Es ist nur so, dass ich viel von Jarnathan gehört habe und glaube, dass er für meine Geschichte besonders offen wäre. Ich würde wirklich ungern ein weiteres langes, kaltes Jahr warten, ehe …«

»Fahre fort!«, befahl Kanzler Norixius ungeduldig.

»Natürlich«, sagte Edgin seufzend. »Also dann …«

Er erzählte weiter und aus bittersüßen Erinnerungen wurden schmerzliche. Mit tiefer Stimme berichtete er dem Rat von der Nacht, als er mit Blumen für Zia nach Hause gekommen war und sie tödlich verwundet vorgefunden hatte. Eine Gruppe Roter Magier hatte sich mit dem Anschlag für seine Taten als Harfner rächen wollen. Zum Glück war es Zia gelungen, Kira zu schützen, indem sie sie in ein verborgenes Schlupfloch im Hüttenboden gelegt hatte.

»Mit Zias Tod«, informierte Edgin den Rat leise, »starb auch meine Aufopferung für die Harfner.« Er wusste noch genau, wie er seinen Harfnerkodex ins Feuer geworfen und erschrocken eine saphirblaue Libelle entdeckt hatte, die über den Funken geschwebt hatte.

Kira allein aufzuziehen war Edgin schwergefallen. Während er diese schlimme Periode seines Lebens beschrieb, wurde er trübsinnig. »Tut mir leid«, entschuldigte er sich beim Rat. »Es ist nur schwer, das alles noch einmal durchzumachen … obwohl Jarnathan nicht hier ist.«

»Schon wieder Jarnathan?!«, sagte Kanzler Norixius ungläubig.

»Er hat den wichtigsten Teil meiner Geschichte verpasst!«, verteidigte sich Edgin. »Wie soll er über mich urteilen, wenn er meine Motive nicht kennt?«

Genervt von Edgins ewiger Fragerei nach Jarnathan runzelte Baroness Torbo die Stirn. »Wir sind absolut fähig, auch ohne Jarnathan über deinen Fall zu entscheiden.«

»Und jetzt fahre fort!«, beharrte Kanzler Norixius.

Edgin sah zu Holga, in der Hoffnung, sie möge seine Argumentation unterstützen. Aber sie zuckte nur mit den Achseln. »Also gut«, meinte Edgin seufzend. »Wo war ich? Ach ja … Nachts kehrte ich zu meiner geliebten Frau und Tochter Kira zurück. Ich weiß noch, einmal warf mir Zia ein Stück Karotte ins Gesicht, um mich zum Lachen zu bringen …«

»Das ist zu weit zurück!«, schimpfte Kanzler Norixius. »Hör auf, Zeit zu schinden!«

»Natürlich«, sagte Edgin. »Tut mir leid, ich fasse mich so kurz es geht. Ich bin nicht stolz auf die ersten Monate, in denen ich mich allein um Kira kümmern musste. Mir ging es nicht gut. Damals traf ich auch Holga hier.« Er lächelte ihr zu. »Sie hatte Mitleid mit mir.«

»Hatte ich nicht«, protestierte sie. »Ich hatte Mitleid mit dem Kind.«

»Holga befand sich damals ebenfalls an einem Tiefpunkt in ihrem Leben«, fuhr Edgin fort, als hätte er den Kommentar der Barbarin nicht gehört. »Jahre zuvor war sie von ihrem Stamm verstoßen worden, weil sie sich in einen Außenseiter verliebt hatte, der sie dann ebenfalls verließ. Bald waren wir wie Bruder und Schwester.«

»Mein Bruder würde dich zum Frühstück verspeisen«, warf Holga ein.

»Ich brauchte sie, um mich am Boden der Tatsachen zu halten«, erklärte Edgin, »und sie mich, weil ich sie inspirierte.«

»Ich brauchte ein Haus zum Schlafen«, stellte Holga klar. »Draußen war's kalt.« Sie holte eine Kartoffel aus der Tasche und fing an zu essen.

Edgin erzählte weiter. »Wir hatten beide weder Geld noch einen ehrlichen Weg, welches zu verdienen. Also beschlossen wir, die Ehrlichkeit aufzugeben und etwas Neues auszuprobieren.« Er dachte an einen Tag vor sieben Jahren zurück, an dem er vor einem Schaufenster gestanden und die darin ausgestellten Edelsteine, Juwelen und Artefakte bewundert hatte. »Es ist berauschend zu erkennen, dass das Einzige, was dich von allem trennt, was du je wolltest, nur eine dünne Glasscheibe ist.«

Er erinnerte sich noch genau an den Tag. Er hatte einen Stein genommen, die Scheibe zertrümmert und einfach zugegriffen. Holga hatte einen juwelenbesetzten Anhänger für Kira mitgenommen, den sie ihr später am Tag gegeben hatte, als sie die Beute am Flussufer begutachtet hatten. Sie hatte dem Mädchen die Kette umgehängt, doch als die Vierjährige den Edelstein berührt hatte, war sie plötzlich verschwunden. Wie ein kopfloses Huhn war Edgin umhergelaufen, um nach seiner Tochter zu suchen, die kurz darauf lachend wiederaufgetaucht war. Kira hatte Holga umarmt und sich für das magische Geschenk bedankt.

»Ihr fragt Euch vielleicht«, fuhr Edgin fort, »wie wir das Leben Krimineller führen konnten, während ein kleines Mädchen zu Hause saß. Tja, die Antwort ist einfach – wir ließen sie nicht zu Hause.« Er beschrieb, wie Kira ihm einmal Taschen voller Diebesgut durch das kleine Fenster einer Villa gereicht hatte. Sie war genau in dem Moment in seine Arme gesprungen, als Holga mit einer schweren Statue auf der Schulter aus der Tür gepoltert gekommen war. Von dort aus waren die drei zu einer wartenden Fluchtkutsche gerannt.

»Aber Kira war nicht die einzige neue Rekrutin in unserer Truppe«, berichtete Edgin. »Außer ihr hatten wir noch Simon, einen Halbelfen und eher mittelmäßigen Zauberer, und Forge

Fitzwilliam, einen menschlichen Kriminellen, der uns zu immer dreisteren Coups anstiftete. Bald wurde aus uns eine feste Gruppe.«

Edgin erinnerte sich an einen Abend vor gut zwei Jahren, als sie in der Taverne Zum Stolperstein einen erfolgreichen Raubzug gefeiert hatten. Edgin hatte mit Forge und Simon ein Lied angestimmt, während Holga seiner Tochter ein paar nützliche Verteidigungshandgriffe beigebracht hatte. Die beiden hatten gelacht.

»Ja, wir waren Diebe«, gab Edgin zu. »Aber ich habe immer dafür gesorgt, dass wir uns an gewisse Prinzipien gehalten haben. Wir haben nie jemanden verletzt und nur Leute bestohlen, denen es nicht wehtun würde.«

An dem Abend hatte sich eine mysteriöse Frau mit Kapuzenrobe in der Taverne befunden und die fröhliche Diebesgesellschaft beobachtet.

»Alles veränderte sich, als wir der Magierin Sofina begegneten«, informierte Edgin den Rat grimmig.

KAPITEL 3

Edgin berichtete, dass Sofina auf die Gruppe zugekommen war, allerlei Karten und Bauzeichnungen auf dem Tisch ausgebreitet und ihnen einen Coup vorgeschlagen hatte, der alles in den Schatten stellte, was sie je versucht hatten. »Wir wussten fast nichts über sie«, sagte Edgin. »Nur, dass sie unsere Hilfe brauchte, um Korinns Festung auszurauben. Ich weiß nicht, ob ihr von dem Ort gehört habt. Jarnathan kennt ihn bestimmt.«

Die neuerliche Erwähnung des fehlenden Ratsmitglieds entlockte den drei Anwesenden ein verärgertes Stirnrunzeln und Edgin beeilte sich fortzufahren: »Korinns Festung ist eine Harfnerfestung voller kostbarer beschlagnahmter Artefakte, die sich früher im Besitz irgendwelcher Schurken befanden. Nur Harfner haben Zutritt zum Tresorraum. Deshalb hat Sofina ausgerechnet uns ausgewählt.« Er erklärte, dass die Feste hoch auf einer Felsformation ruht, die gut sechzig Meter aus dem Meer aufragt.

Edgin dachte an den Abend, als Sofina ihnen den Vorschlag unterbreitet hatte. Aufgebracht war er aus der Taverne gestürzt. Forge Fitzwilliam war ihm nach draußen in die kalte Nacht gefolgt, um ihn zu überzeugen, den Auftrag der Magierin anzunehmen. »Ich lehnte ab. So tief wollte ich nicht sinken«, eröffnete Edgin dem Rat. »Aber dann erzählte mir Forge, dass sich unter den Artefakten in Korinns Festung eine Tafel der Wiedererweckung befand, deren Besitzer in der Lage wäre, eine einzelne verstorbene Person ins Leben zurückzuholen. Selbst wenn sie von einem Roten Magier umgebracht wurde. Ihr wisst wahrscheinlich schon, worauf ich hinauswill.«

Edgin beschrieb den Tag, an dem er, Forge, Holga und Simon die Pferde für die Reise zu Korinns Festung gesattelt hatten. Ein Freund hatte sich bereit erklärt, Kira so lange zu hüten.

»Warum darf ich nicht mit?«, hatte sie gefragt.

»Tut mir leid, Kir«, hatte Edgin geantwortet und sich zu ihr hinuntergebeugt, um ihr die Hände auf die Schultern zu legen. »Diesmal ist es zu gefährlich.«

»Dann solltest du auch nicht gehen«, hatte das Mädchen dagegengehalten. »Wir haben doch alles, was wir brauchen.«

»Noch nicht«, hatte Edgin gesagt und dabei an Zia und die Tafel gedacht. »Aber dieser Auftrag wird unser letzter, glaub mir.« Er hatte sie umarmt. Sie ihn nicht. Seufzend hatte er sich abgewandt.

Holga hatte sich zu Kira hinabgebeugt. »Kopf hoch, Käferchen. Wir sind bald zurück.« Sie hatte dem Mädchen spielerisch einen Klaps auf die Schulter versetzt und sich dann in den Sattel geschwungen. Während sie davongeritten waren, war Kira mit hängenden Schultern ins Haus zurückgegangen.

»Ich habe ihr nichts von der Tafel der Wiedererweckung gesagt«, erklärte Edgin den Ratsmitgliedern, »weil ich nicht wollte, dass ihr das Herz bricht, falls die Mission schiefgeht. Was sie auch tat. Und zwar gehörig.«

Er berichtete, wie er in seine alte Harfnerrobe gekleidet an Korinns Festung angekommen war. Er hatte das in die Mauer geritzte Harfnersymbol berührt, um hineinzugelangen. Sein Abzeichen hatte geglüht, als sich die Tür geöffnet hatte. Die fünf Diebe – Edgin, Holga, Simon, Forge und Sofina – waren nach drinnen geschlüpft und schnurstracks zum Tresorraum gegangen, wo sie sich die Taschen mit antiken Artefakten gefüllt hatten, die einst Schurken und Tyrannen gehört hatten. Sofina hatte schweigend eine Glasvitrine geöffnet und ein auffällig graviertes rotes Horn entnommen.

Sie hatten den Harfnertresor gerade betreten, als Edgin sich auf die Suche nach einem einzigen Objekt gemacht hatte – der Tafel der Wiedererweckung, die ihm Zia zurückbringen würde. Auf einem Sockel voller Spinnweben hatte er sie entdeckt. »Bald sehen wir uns wieder, meine Liebste«, hatte er geflüstert, als er die Tafel vom Sockel genommen hatte.

Aber kaum hatte er den kostbaren Gegenstand angehoben, war ein fast unsichtbarer Spinnenfaden gerissen, der an einen Alarm gekoppelt gewesen war. *RRRIIIIING!!!*

Was als Nächstes geschehen war, hatte sich für alle Ewigkeit in Edgins Gedächtnis eingebrannt. Holga hatte gerade genug Zeit gehabt, um »Lauft!« zu brüllen, als vier Harfnerwachen in die Kammer gestürmt waren. Edgin, Holga, Simon und Forge hatten sich hinter Regale und Schränke geduckt, um sich vor dem Angriff der Harfner zu schützen, aber Sofina hatte sich ihnen entgegengestellt und einen Kugelblitz-Zauber gewirkt, der knisternd von Wache zu Wache gesprungen war. Kreischend waren sie zu Boden gegangen.

»Wir verletzen niemanden!«, hatte Edgin voller Abscheu ob ihres Angriffs protestiert. Die Harfner hatten doch nur ihren eigenen Tresor schützen wollen! Aber dann waren weitere Wachen über ihnen aufgetaucht, um mit Armbrüsten auf sie zu schießen und Sofina hatte »*RATCHA AURAS!*« gebrüllt. Ihre Augen waren in die Höhlen gerollt, und von ihrem ausgestreckten Finger hatte sich langsam eine unsichtbare Schockwelle ausgebreitet, die alles in der Zeit eingefroren hatte, was ihr in den Weg gekommen war – Pfeile, Schrapnellstücke, Buchseiten … und Holga.

»Sie ist in deinem Zeitstopp gefangen!«, hatte Edgin der Magierin zugerufen. »Mach ihn rückgängig!«

Aber Sofina hatte ihn ignoriert und sich aus der Kammer verzogen, während sich ihr Zauber langsam ausgebreitet hatte.

»Wirke einen Gegenzauber!«, hatte Edgin Simon verzweifelt zugerufen.

Der Zauberer hatte sein Bestes versucht, aber sein Konter war fehlgeschlagen. »Sie ist zu mächtig!«

Edgin hatte Holga zu Hilfe eilen wollen, aber der Zauber hatte sie so fest im Griff gehabt, dass er nichts hatte tun können. Er hatte gerade fliehen wollen, als er über irgendetwas gestolpert und ebenfalls im Zeitstopp gelandet war. Ohne Ausweg in Sicht hatte er Forge die Tafel der Wiedererweckung im letzten Augenblick zugeworfen und gesagt: »Nimm du sie! Und bring Kira in Sicherheit!«

»Du hast mein Wort!«, hatte Forge versprochen und an Sofinas Seite den Raum verlassen. Simon war nichts anderes übrig geblieben, als den beiden zu folgen. Gefangen in Sofinas Zauber waren Edgin und Holga von den Harfnerwachen geschnappt worden.

»Und das«, schloss Edgin, »minus die zwei Jahre der Entbehrung, Zwangsarbeit und einer Reihe äußerst rüpelhafter Zellengenossen bringt uns zum heutigen Tag. Ganz ehrlich, selbst wenn mich dieser Rat heute zu zwei weiteren Jahren verurteilt – oder meinetwegen auch zwanzig – wird es nie Strafe genug sein für das schlimmste Verbrechen, das ich je beging: Meine Tochter ihres Vaters zu berauben. Aber Ihr sollt wissen, dass ich, solltet Ihr mich begnadigen, den Rest meiner Tage damit verbringen werde, diese Untat wiedergutzumachen.«

Er drehte sich zu Holga um. »Hast du noch etwas zu sagen?«

Sie biss von ihrer Kartoffel ab. »Nein.«

Edgin suchte die Gesichter der Ratsmitglieder nach Zeichen der Sympathie ab, aber er konnte beim besten Willen nicht ergründen, was sie von ihm und seiner Geschichte hielten. Kanzler Anderton drückte Edgins Schriftrolle einen offiziellen Stempel auf. *PFONK*.

»Ehe ihr eure Entscheidung bekannt gebt«, warf Edgin verzweifelt ein, »bitte ich euch inständig, wartet auf ...«

Die Tür öffnete sich und eine vogelgleiche Gestalt betrat den Raum.

»... Jarnathan!«, rief Edgin voller Freude und Erleichterung.

»Bitte verzeiht meine Verspätung«, entschuldigte sich der vornehme Aarakocra.

»Ich kann kaum in Worte fassen, wie froh wir sind, dich zu sehen!«, sagte Edgin, durchschritt eilig den Raum und umarmte das verblüffte Ratsmitglied.

Eine Ratswache machte einen Schritt auf ihn zu. »Sofort zurücktreten!«

»Jetzt!«, rief Edgin der Barbarin zu.

Gerade wollte sich eine zweite Wache auf ihn stürzen, als Holga ihr mit dem Stuhl auf den Kopf schlug, während sie der ersten Wache die Kartoffel ins Gesicht warf. Dann lief sie mit Schwung zu Edgin und Jarnathan und schloss beide in die Arme.

»Was hat das zu bedeuten?«, fragte er verdattert.

Die drei anderen Ratsmitglieder standen schockiert auf, doch Edgin und Holga hatten den Aarakocra bereits zum Turmfenster geschoben. *KLIRR!* Das Glas zerbrach; dann waren sie verschwunden.

Ein Windstoß wehte Edgins Schriftrolle vom Tisch. Der Stempel darauf verkündete: »BEGNADIGUNG BEWILLIGT.«

KAPITEL 4

Edgin und Holga fielen aus dem hohen Turm von Frohsinnsend, das Aarakocra-Ratsmitglied fest im Griff. »Lasst mich los!«, verlangte Jarnathan.

»Flieg, Vögelchen, flieg!«, erwiderte Edgin.

Jarnathan hatte keine Wahl. Er konnte entweder seine langen Schwingen nutzen, um den Sturz abzubremsen, oder gemeinsam mit den beiden Gefangenen beim Aufprall sterben. Er breitete die Flügel aus und versuchte mühsam, die Strömung abzupassen. Die Aktion verlangsamte das Falltempo, aber die Landung auf dem gefrorenen Boden war trotzdem hart. Jarnathan, der das meiste abbekommen hatte, verlor das Bewusstsein.

Holga hielt ihm die Hand vor den Schnabel. »Er atmet noch«, stellte sie fest.

»Ich habe dir doch gesagt, er bringt uns hier raus«, kommentierte Edgin lächelnd. Sie flohen in einen Schneesturm, völlig ahnungslos, dass sie der Absolutionsrat begnadigt hatte. Überglücklich, Frohsinnsend entkommen zu sein, kämpften sie sich durch den Schneesturm, bis er nachließ.

Sie wandten sich nach Süden und erreichten schließlich Targos, eine weitläufige, von Mauern geschützte Siedlung, die zu den Zehn Städten im Eiswindtal gehörte. Aus einem Gehege »borgten« sie sich zwei Pferde und ritten ein paar Tage bis zu Edgins Haus. Dort angekommen fanden sie die Fenster mit Brettern vernagelt vor. Edgin sah sich in der Hütte um, während Holga draußen bei den Pferden blieb, um nach allzu neugierigen Passanten Ausschau zu halten. »Was gefunden?«, rief sie Edgin zu.

»Steht seit mindestens einem Jahr leer«, antwortete er aus dem Inneren des kargen, trostlosen Hauses. Zuerst mied er die Stelle, an der Zia gestorben war, aber dann zwang er sich doch hinzusehen und die Erinnerungen an den schrecklichen Tag zuzulassen. Kniend öffnete er die Falltür, die zum schmalen Bereich führte, wo seine Frau Kira versteckt hatte. »Sieh an, sieh an«, murmelte er zufrieden. Unter der Falltür hatte die ganze Zeit seine verstärkte Laute auf ihn gewartet.

Mit dem Instrument in der Hand trat Edgin ins Freie. »Sieh nur, ich habe eine alte Freundin wiedergefunden«, verkündete er und hielt die Laute hoch.

Die Barbarin furchte die Stirn. »Deine vielleicht.« Sie war nicht gerade begeistert von Edgins Musik. »Was glaubst du, wo Forge Kira hingebracht hat?«, wollte sie wissen.

Edgin zuckte mit den Schultern. »Schwer zu sagen.«

»Wir könnten einen trinken gehen und weiter darüber nachdenken.«

»Klingt gut«, stimmte Edgin zu.

In der Taverne Zum Stolperstein setzten sich die beiden ehemaligen Diebe auf dieselben Plätze wie an dem Tag, an dem sie sich zum ersten Mal begegnet waren. »Ich kann mir nicht vorstellen, dass Forge die Schwertküste verlassen würde«, sagte Edgin. »Er hat Städte immer gemocht.«

Während sie tranken, kam der Tavernenbesitzer an ihren Tisch. »Abendbrot für dich und deine Frau?«

»Oh, sie ist nicht meine Frau«, erwiderte Edgin belustigt.

Holga war alles andere als amüsiert. »Du glaubst, ich würde mich mit so was einlassen?«, fragte sie und ruckte den Daumen in Edgins Richtung. »Bei *den* Lippen?«

Der Tavernenbesitzer zuckte mit den Schultern. Ihm war es herzlich egal, ob die beiden ein Ehepaar, Freunde oder Erzfeinde waren. Er wollte ihnen nur Essen und Getränke verkaufen.

»Wir trinken nur«, informierte ihn Edgin, woraufhin sich der Mann abwandte. Edgin riss ein Flugblatt von der Wand und zeichnete eine einfache Karte auf die Rückseite. »Wir könnten ein Schiff bis nach Baldurs Tor nehmen und von dort aus nach Norden reiten ...«

»Vielleicht will ich unterwegs bei Marlamin vorbeischauen«, sagte Holga zwischen zwei Schlucken.

Edgin konnte kaum glauben, dass sie ihren Ex-Ehemann besuchen wollte. Der Kerl hatte sie schließlich abserviert. »Willst du dir das wirklich antun? Was, wenn er dich nicht sehen will?«

»Es geht nicht darum, was *er* will«, konterte Holga. »Sondern darum, mit der Sache abzuschließen.«

Edgin starrte sie verblüfft an. »Er hat dir einen Brief geschrieben, in dem stand, dass er nicht mehr dein Ehemann ist. Wenn das kein Abschluss ist …« Holga trank noch einen Schluck und schwieg. »Ich habe eh nie verstanden, was du an ihm gefunden hast«, ergänzte Edgin.

Holga warf ihm einen trotzigen Blick zu. »Marlamin ist einer der besten Männer von ganz Faerûn. Das verstehst du nicht.«

Kopfschüttelnd faltete Edgin die provisorische Karte zusammen. Doch ehe er sie in die Tasche stecken konnte, fiel ihm etwas auf der Rückseite ins Auge, das ihm vorher entgangen war: ein Gesicht, obendrein eins, das er gut kannte.

»Ist das …?«, murmelte er. Edgin drehte das Blatt um und breitete es vor sich aus. Tatsächlich, das Bild zeigte ihren alten Partner Forge Fitzwilliam. Eilig überflog Edgin den Text. »Forge ist jetzt Lord von Niewinter?«, sagte er verblüfft. Niewinter war eine geschäftige Hafenstadt an der nördlichen Schwertküste. Früher hatten dort die High Sun-Spiele stattgefunden, aber die waren inzwischen aufgrund der vielen Todesopfer, die sie Jahr um Jahr gefordert hatten, verboten.

Holga war nicht weniger erstaunt. »Wie hat dieser Witzbold denn *das* fertiggebracht?«

»Solange Kira bei ihm ist, kümmert mich das wenig«, meinte Edgin und stand auf. Als sie am Tavernenbesitzer vorbeiliefen, erinnerte sich Edgin an Holgas Kommentar von vorhin. »Was stimmt nicht mit meinen Lippen?«

»Zu groß für deine Visage«, erwiderte sie.

Draußen gingen sie zu den Pferden. Drei Raubeine in Leder- und Pelzmontur – Fennor, Gurt und Rond – waren gerade dabei, einen Hundeschlitten mit Waren zu beladen. Als Fennor die Barbarentätowierungen auf Holgas Gesicht bemerkte, rief er: »Ey! Deine Markierungen … Bist du vom Elchstamm?«

»Geht dich nichts an«, sagte Holga und lief an den drei Hünen vorbei.

»Warte mal«, meinte Rond, als er sie erkannte. »Wisst ihr, wer das ist …? Das Mädchen, das mit dem Südländer durchgebrannt ist.« Er meinte Marlamin, Holgas Ex-Ehemann.

»Die Ausgestoßene?«, hakte Gurt nach.

»Genau die«, bestätigte Rond.

Holga sackte ein wenig zusammen. Es gefiel ihr nicht, dass man sie als Ausgestoßene erkannt hatte. Während sie und Edgin zu den Pferden gingen, schlenderten ihnen die drei Barbaren hinterher.

»Die Markierungen würde ich an deiner Stelle lieber verdecken«, riet ihr Fennor. »Die Elche wollen bestimmt nicht, dass du weiter damit herumstolzierst.«

»Wie wär's, wenn wir das für dich erledigen?«, schlug Rond

vor und hob einen Klumpen Matsch auf, den er auf Holgas Rücken schleuderte. *FLAPP!*

Sie blieb abrupt stehen. Edgin drehte sich zu den drei Rüpeln um. »Das wollt ihr wirklich nicht«, warnte er sie.

»Oh doch, wollen wir, Söhnchen«, höhnte Rond.

Wieder traf ein Matschklumpen sein Ziel, diesmal Holgas Schulter. *FLATSCH!* Edgin machte eine einladende Geste, als wolle er Holga auffordern, kurzen Prozess mit den drei Rohlingen zu machen. Schließlich war sie in der Vergangenheit schon mit deutlich größeren Herausforderungen zurechtgekommen.

Doch sehr zu seiner Überraschung tat Holga nichts. »Sie haben nicht unrecht«, sagte sie leise, schwang sich in den Sattel und ritt schweigend davon. Edgin saß ebenfalls auf und folgte ihr, begleitet von den Schmährufen und Beleidigungen der drei Barbaren. Nach all den Jahren hatte er immer noch manchmal das Gefühl, Holga überhaupt nicht zu kennen.

KAPITEL 5

Sie folgten der Hohen Straße Richtung Süden entlang der Küste, die sie nach Niewinter bringen würde. Als sie die Stadtmauer erreichten, kamen sie an reihenweise bunten Zelten vorbei, deren Besitzer ihnen mitteilten, dass sie wegen der kürzlich zurück ins Leben gerufenen High Sun-Spiele hier waren.

Die beiden ritten durch das riesige Stadttor und fanden sich auf einer geschäftigen Straße wieder. Händler boten fein gearbeitete Glaslampen, Wasseruhren, Schmuck und saftige Früchte aus den Gärten der Stadt feil, Jongleure und Akrobaten sprangen für ihr Publikum durch Reifen und schluckten Feuer, während Arbeiter auf einem ausladenden Platz eine riesige Arena für die bevorstehenden Spiele errichteten. Weit oben, am höchsten Punkt der Stadt, ragte eine wundervolle Burg auf, an deren Türmen Flaggen wehten. Die Luft war erfüllt von aufregenden Bildern, Düften, Farben und Musik.

»Warum hat Forge die High Sun-Spiele zurückgebracht?«, fragte Holga.

»Mein Vater hat mich zu den letzten mitgenommen, ehe sie verboten wurden«, meinte Edgin.

»Hat jemand gewonnen?«, hakte Holga nach.

»Na ja, ein Teilnehmer hat es bis in die letzte Runde geschafft, aber dann hat ein Remorhaz seinen Oberkörper gefressen, also … nein.« Remorhaz, auch bekannt als Eiswürmer, waren wilde, über zwölf Meter lange Bestien, die aussahen wie zu groß geratene Tausendfüßler mit ledernen Schwingen und parallel am Rücken verlaufenden Reihen aus spitzen Hörnern. Man begegnete ihnen am besten mit gebührlichem Abstand – oder noch besser: gar nicht.

Während sie die Hauptstraße entlangritten, die zur Burg hinaufführte, beobachteten Holga und Edgin ein paar Arbeiter, die gerade dabei waren, einen riesigen Heißluftballon aufzublasen, auf dem Forges Gesicht prangte. »Schön zu sehen, dass er sich seinen Sinn für Bescheidenheit erhalten hat«, kommentierte Edgin sarkastisch.

Auf Burg Nie, dem Residenzpalast des Lords von Niewinter, führte man Holga und Edgin einen reich verzierten Korridor entlang und trug ihnen auf zu warten. »Wie lange sind wir schon hier?«, wollte Edgin nach einer Weile wissen.

»Fünfzehn Minuten.«

»Fühlt sich länger an«, grunzte er. »Forge, dieser Wichtigtuer.

Der lässt uns doch nur warten, um uns zu demonstrieren, wie furchtbar wichtig er jetzt ist.«

Die Stimme eines Kindes drang an ihre Ohren. »Papa? Holga?«

Sie drehten sich um und erblickten am anderen Ende des Korridors ein Mädchen von etwa elf Jahren. Edgin riss die Augen auf, als er es erkannte. »Kira!«

Er breitete die Arme aus, aber seine Tochter lief an ihm vorbei und umarmte Holga, die ihr steif den Rücken klopfte. Die Barbarin hatte nicht viel für Umarmungen übrig, aber freute sich trotzdem, Kira zu sehen. »Hallo, Käferchen«, sagte sie.

Edgin umarmte Kira ebenfalls. »Ich habe jeden Tag an dich gedacht.«

»Ich auch«, meinte Kira. »Für eine Weile.«

Ein wenig geknickt über ihre Offenheit durchwühlte Edgin die Tasche nach den Fäustlingen, die er in Frohsinnsend für sie gestrickt hatte. »Hier, die habe ich für dich gemacht.«

»Was ist das?«, fragte Kira und betrachtete das Geschenk neugierig.

»Fäustlinge«, antwortete Edgin. »Für die Hände.«

»Danke«, sagte Kira höflich, aber ohne Begeisterung.

Edgin hielt sie auf Armeslänge und studierte ihr Gesicht. »Du bist so groß geworden. Ist es dir gut ergangen?«

»Onkel Forge war sehr gut zu mir.«

»*Onkel* Forge?«, wiederholte Holga mit erhobener Augenbraue. Der alte Gauner war ihr nie besonders onkelhaft vorgekommen.

Kira nahm Holga bei der Hand. »Kommt«, drängte sie. »Er will euch sehen.«

Während sie dem Korridor zu Forges Arbeitszimmer folgten, sagte Kira: »Ich trage immer noch den Anhänger, den du mir geschenkt hast, Holga. Manchmal schleiche ich mich damit heimlich durch die Burg.« Sie wandte sich zu Edgin um und musterte ihn beklommen. In den Jahren der Trennung war ihr der eigene Vater fremd geworden. »Es ist so komisch, dass du hier bist«, sagte sie.

Edgin hielt sie an. »Kir, es ist schon in Ordnung. Du sollst wissen, dass es mir leidtut, wie die Dinge gelaufen sind. Ich bin ein Risiko eingegangen, das sich nicht ausgezahlt hat. Aber jetzt, wo wir wieder zusammen sind … Warum guckst du mich so böse an?«

»Weil du so tust, als wäre es nicht deine Schuld gewesen«, erwiderte sie.

»Holga und Simon wollten die Mission genauso«, verteidigte sich Edgin. »Und ›Onkel‹ Forge war die treibende Kraft. Gib doch ihm die Schuld.«

Kira kaufte ihm seine Ausreden nicht ab. »Das ist etwas anderes. Forge hatte keine Tochter. Du hast mich im Stich gelassen, und zwar aus reiner Geldgier.«

»Geld?«, hakte Edgin überrascht nach. »Nein. Hat Forge dir denn nicht gesagt, was ich dort wollte?«

»Da sind sie ja!«, säuselte eine weiche Stimme.

Sie drehten die Köpfe und erblickten Forge Fitzwilliam, ihren ehemaligen Partner. Er war schon immer gut aussehend gewesen, mit einem bezaubernden Lächeln. Aber zu seiner Zeit als Dieb hatte er abgetragene, unauffällige Kleider bevorzugt. Heute trug er einen wehenden Umhang, ein feines Wams und eine juwelenbesetzte Kette um den Hals – die elegante Ausstattung eines Lords. Strahlend und mit ausgebreiteten Armen lief er auf sie zu. »Meine alten Freunde. Welch eine wundervolle Überraschung!«

Er umarmte Edgin und legte ihm die Hand ans bärtige Kinn. »Der ist neu. Gefällt mir. Flegelhaft und doch intellektuell. Wie ein belesener Fischer mit Geheimnissen.«

»Nimm deine Griffel aus meinem Gesicht«, knurrte Edgin.

Lachend wandte sich Forge an die Barbarin. »Und Holga. Ich weiß, du kannst Umarmungen nicht ausstehen, aber ich muss es einfach tun.« Er schloss sie in die Arme. Holga versteifte sich und sah äußerst genervt aus.

»Tee?«, fragte Forge.

Sein Arbeitszimmer war genauso ausladend und teuer wie seine Kleidung. Forge wartete, bis Edgin, Holga und Kira sich neben das kunstvoll gearbeitete silberne Teeservice gesetzt hatten, das auf einem niedrigen Tisch stand. Dann zog er einen schweren Sessel über den Steinboden, um sich zu ihnen zu setzen. *QUIIEETSCH.*

»Da wären wir also«, sagte er und ließ sich nieder. »Die letzten Jahre müssen schrecklich gewesen sein. Offen gesagt hatte ich gedacht, ihr müsstet länger in Frohsinnsend bleiben.«

»Wir wurden frühzeitig entlassen«, meinte Edgin.

»Gute Führung«, ergänzte Holga.

»Ah«, machte Forge. Er nippte an seinem Tee und hielt die Tasse erschrocken von sich. »Oh! Der ist ja schrecklich heiß! Kira, wir müssen ein ernstes Wörtchen mit dem Küchenpersonal sprechen. Es gibt wirklich keinen Grund, derart heißen Tee zu servieren.«

»Ja, ja, Tee ist heiß«, warf Edgin ungeduldig ein. »Wieso bist du Lord von Niewinter?«

Forge stellte die Tasse ab, um den Tee abkühlen zu lassen. »Richtig«, sagte er. »Das ist bestimmt ein Schock für euch. Obwohl es in gewisser Weise *dein* Werk ist, Ed. Ehe sie euch abgeführt haben, hast du mir aufgetragen, mich um Kira zu kümmern. Damals dachte ich mir nicht viel dabei, aber dann habe ich ihr in die Augen gesehen und wusste plötzlich, dass ich ein besserer Mann werden muss. Auf keinen Fall konnte ich dieses ehrlose Leben weiterführen und gleichzeitig ein Kind großziehen. Besonders eines, das so voller Güte und Licht ist.«

Er schenkte Kira ein warmes Lächeln, das sie erwiderte. Edgin regte sich unbehaglich. Die neue Vertrautheit zwischen Forge und seiner Tochter gefiel ihm ganz und gar nicht. Es war beinahe so, als hielte *er* sich jetzt für Kiras Vater.

»Die gestohlenen Schätze konnte ich natürlich schlecht zurückgeben«, fuhr Forge fort, »also schwor ich, sie stattdessen einem guten Zweck zuzuführen. Kira und ich ließen uns hier in Niewinter nieder und erkannten schnell, wie korrupt und unfähig die damaligen Herrscher waren. Und als Lord Nieglut erkrankte, ergriff ich die Gelegenheit, um etwas zu verändern. Das Geld aus Korinns Festung ebnete mir den Weg für eine Wahlkampagne. Aber allein hätte ich all das nie geschafft.«

Eine geschnitzte Tür öffnete sich leise und eine Gestalt mit Kapuzenrobe und Magierstab betrat den Raum.

»Und da ist sie schon«, sagte Forge. »Ihr erinnert euch bestimmt an Sofina.«

KAPITEL 6

»Du arbeitest *immer noch* mit ihr zusammen?!«, fragte Edgin schockiert.

»Sie ist der Grund, warum wir erwischt wurden!«, schimpfte Holga und sprang auf die Beine.

Forge hob beschwichtigend die Hand. »Nicht doch. Ohne sie wären wir *alle* festgenommen worden. Und inzwischen ist sie zu meiner engsten Vertrauten geworden.« Er nippte am Tee und zuckte zusammen. »Immer noch zu heiß!« Er hielt Sofina die Tasse hin. »Wärst du so freundlich …?«

»Natürlich«, sagte Sofina mit tiefer Stimme, streckte den krummen Zeigefinger aus und tauchte ihn in die dampfende braune Flüssigkeit. Prompt nahm der Finger die Gestalt eines Knochens an, vereiste und kühlte den Tee ab.

Forge musterte die Tasse pikiert. »Ich dachte nicht, dass du den Finger *eintauchst*. Ich, ähm …« Er stellte die Tasse auf den Untersetzer und schob beides von sich. »Außerdem«, fuhr er mit seiner flammenden Verteidigungsrede fort, »betrachtet Kira sie inzwischen als eine Art Vorbild.«

Sofina lächelte das Mädchen gezwungen an und Kira verzog das Gesicht.

»Seht sie euch an«, kommentierte Forge wohlwollend. »Zwei aus einem Guss.«

»Nun«, sagte Edgin so höflich er konnte, »ich danke dir, dass du sie für mich gehütet hast.«

Nickend nahm Forge den Dank an. »Ich hoffe, du wirst deine wundervolle Tochter nie als selbstverständlich betrachten.«

»Werde ich nicht«, stellte Edgin klar. »Also dann, wenn du dann so nett wärst, uns die Tafel zu geben … Kira, Holga und ich wollen uns auf den Weg machen.«

»Das war ja klar. Du bist nur deshalb zurückgekommen«, warf Kira anklagend ein. »Nicht wegen mir, sondern wegen deiner blöden Tafel des Reichtums.«

»Reichtums?«, hakte Holga nach.

»Es ist eine Tafel der *Wiedererweckung*«, korrigierte Edgin.

»Wovon redest du?«, fragte Forge verwirrt.

»Der Grund, aus dem ich dem Raubzug damals überhaupt zugestimmt habe!«, erklärte Edgin. Dann ging ihm auf, was hier vorging. »Das ist es also, was du ihr erzählt hast, ja? Dass ich sie wegen Geld im Stich gelassen habe?«

»Ich habe ihr die Wahrheit gesagt«, beharrte Forge. »Sie hatte ein Recht darauf.«

Edgin drehte sich zu Kira um. »Er hat dich belogen. Ich wollte deine Mutter zurückbringen …«

»Ach, Ed«, sagte Forge und schüttelte traurig den Kopf. »Ich weiß, du willst, dass Kira dir verzeiht, aber ich kann dir versichern, dass mehr Lügen nicht der richtige Weg sind.«

»Du Schlange!«, zischte Holga. »Du weißt genau, worauf Edgin aus war!«

Kira wusste nicht mehr, was sie glauben sollte. Sie sah zu ihrem Vater. »Wenn du es für Mama getan hast, warum hast du mir nichts davon gesagt?«

Edgin sah ihr in die Augen. »Weil ich nicht wollte, dass du sie ein *zweites* Mal verlierst, falls es schiefgeht.« Kira sah ihn verunsichert an.

Forge stand auf und trat an seinen Schreibtisch. »Du kannst dem armen Mädchen nicht vorwerfen, dass sie dir nicht traut. Schließlich lügst du sie an, seit du diesen Raum betreten hast.« Er nahm ein Schriftstück vom Schreibtisch und hob es hoch, damit es alle sehen konnten. Über den Konterfeis von Edgin und Holga stand: »GESUCHTE FLÜCHTIGE«. Darunter waren die Belohnungen aufgelistet, die ihren Häschern winkten. »Nicht gerade das, was ich als ›gute Führung‹ bezeichnen würde«, kommentierte Forge.

Kira musterte das Gesucht-Plakat und drehte sich zu ihrem Vater um. »Ihr seid geflohen?«

»Er wollte zu dir zurück, Käferchen«, sagte Holga.

»Kira, sieh mich an«, bat Edgin. »Ich schwöre dir, es war eine Tafel der Wiedererweckung. Ich habe es für Mama getan. Für uns alle. Du musst mir glauben.«

»Das hast du auch gesagt, als du weggegangen bist«, meinte Kira traurig. Tränen stiegen ihr in die Augen. »Ich kann das jetzt nicht.« Sie stand auf und eilte aus dem Raum.

»Warte!«, rief ihr Edgin hinterher.

»Gib ihr Zeit«, riet ihm Forge. »Sie hat Jahre damit zugebracht, dich für deine Abwesenheit zu verabscheuen.«

»Und du hast Jahre damit zugebracht, ihr Gift über mich ins Ohr zu träufeln«, knurrte Edgin.

»Das ist nicht wahr. Wir haben kaum über dich gesprochen«, sagte Forge sanft.

Holga starrte ihn grimmig an. »Gib ihm, wofür er hergekommen ist«, forderte sie Forge auf.

»Die gute alte Holga«, sagte er mit seinem charmantesten Lächeln. »Lass mich dir erklären, was es heißt, Politiker zu sein. Es ist wie das Diebesdasein, nur ohne die lästigen Konsequenzen. Und man muss nichts tun, was man nicht will.« Er wandte sich wieder Edgin zu. »Die Tafel bringt mir in Skullport ein hübsches Sümmchen ein, also behalte ich sie lieber. Genau wie deine Tochter, übrigens …«

Wutentbrannt wollten sich Edgin und Holga auf Forge stürzen, als ihre Füße im plötzlich flüssigen Boden versanken. Sofina hatte anscheinend einen weiteren Zauber gewirkt, der das Gestein verwandelte.

»Oje, jetzt steckt ihr im Boden fest«, stellte Forge fest. »Wie furchtbar. Sofina ist eine wirklich, *wirklich* mächtige Magierin. Man sollte denken, ihr hättet diese Lektion gelernt, als ihr das letzte Mal in ihre Falle getappt seid.«

»Du hast immer *gewollt*, dass sie uns beide festnehmen«, ging Edgin auf.

»Keineswegs«, protestierte Forge und hob den Zeigefinger. »Ich wollte, dass sie euch *und Simon* festnehmen. Aber er konnte entkommen.«

Holga versuchte mit aller Kraft, sich aus dem Boden zu befreien, aber es war vergeblich. »All die Jahre an unserer Seite, und dann verrätst du uns an diese Hexe?«, schimpfte sie wütend.

Forge grinste. »Vertraue nie einem Gauner. Obwohl, das hier könnt ihr ruhig glauben: Kira ist glücklich und es fehlt ihr hier an nichts. Ich liebe sie wie mein eigen Fleisch und Blut. Früher habe ich nie das Bedürfnis verstanden, Vater zu werden. Bis ich einer wurde. Zu wissen, dass es eine Person gibt, die zu dir aufblickt, und sie nach deinen Vorstellungen zu formen. Ein bisschen wie ein Gott.« Er legte den Kopf schief. »Ich bin Gott *und* Lord in einem. Ich kann wirklich nicht klagen.« Er drehte sich zu einer anderen Tür um. »Blackwood!«

Ein bewaffneter Offizier betrat den Raum.

»Bring sie bitte ins Gefängnis zurück«, sagte Forge und zeigte auf Edgin und Holga. »Und vergiss nicht, die Belohnung einzustreichen.«

KAPITEL 7

Noch einmal drehte sich Forge zu Edgin und Holga um, ehe Blackwood sie fortzerrte. »Ich muss mich nun verabschieden. Ich erwarte zwei der wohlhabendsten Männer aus Baldurs Tor und Tiefwasser zu den High Sun-Spielen. Die finden nämlich wieder statt! Man sieht sich!« Ohne ein weiteres Wort wandte er sich ab und verließ den Raum.

Als Blackwood sich gerade den Gefangenen widmen wollte, flüsterte ihm Sofina etwas ins Ohr. Blackwood nickte. Edgin und Holga entging der stille Austausch nicht. Der Hauptmann und fünf Soldaten führten sie über eine gepflasterte Straße in den zwielichtigsten Bezirk von Niewinter. Man hatte ihnen die Hände gefesselt, aber sie konnten sich leise unterhalten.

»Wir müssen Kira von hier wegbringen«, raunte Edgin.

»Werden wir«, versicherte ihm Holga. »Aber zuerst müssen wir unsere eigene Haut retten. Du hast gesehen, dass sie ihm etwas zugeflüstert hat, oder?«

Edgin nickte. Er dachte dasselbe wie sie: Sofina hatte Blackwood aufgetragen, sie still und leise um die Ecke zu bringen, anstatt zurück nach Frohsinnsend. Sie fanden ihre Vermutung bestätigt, als der Hauptmann in eine schmale, verlassene Gasse einbog.

»Wie wollen wir das angehen?«, wollte Edgin von Holga wissen.

»Wir?«

»Ja. Du übernimmst vier und ich zwei?«

»Ich dachte eher, ich übernehme sechs und du rennst weg wie damals in Korinns Festung«, gab Holga zurück.

»Ernsthaft? Davon fängst du jetzt an? Es war ein Zeitstopp! Was hätte ich denn tun sollen?«

»Auf die Knie!«, befahl Blackwood.

Edgin und Holga gehorchten. Der Hauptmann zückte eine schimmernde Axt und klappte den Teleskopstiel aus.

»Schöne Klinge«, meinte Holga. »Stammt die von Ghelryn Foehammer?«

»Woher weißt du das?«, hakte Blackwood beeindruckt nach.

»Die Gravur am Griff.«

»Ah.«

Aus dem Augenwinkel sah Edgin, wie Holga heimlich einen Stein neben ihrem Knie aus dem Boden löste. »Wie liegt sie in der Hand?«, fragte sie. »Gut zum Parieren?«

»Sie ist aus Dunkelstahl«, erwiderte Blackwood. Das Material war berühmt für seine Robustheit und sein geringes Gewicht.

»Sehr schön«, meinte Holga.

»Jetzt senkt die Köpfe«, befahl Blackwood und hob die Axt. Holga rüttelte immer noch am Pflasterstein.

»Warte!«, rief sie, und Blackwood hielt inne. »Was benutzt du, um sie zu reinigen?«

»Wie bitte?«, fragte Blackwood, verdattert, dass Holga kurz vor ihrer Hinrichtung über Waffenreinigung reden wollte.

»Essig?«, tippte Holga. »Nelkenöl?«

Ungläubig sah Blackwood zu Edgin, der nur mit den Schultern zuckte. »Du verlierst gleich den Kopf«, sagte er, »und willst ausgerechnet *darüber* reden?«

»Ja, wenn's dir nichts ausmacht«, erwiderte die Barbarin nickend.

Blackwood schüttelte den Kopf. »Gekochtes Leinöl«, antwortete er. »Einmal im Monat.«

Holga schnalzte missbilligend mit der Zunge. »Wöchentlich wäre besser. Deshalb rostet die Klinge auch.«

Blackwood starrte sie an.

»Also dann«, meinte sie. »Runter mit der Birne.«

Er ließ die Axt auf sie herunterfahren, als Holga blitzschnell den Pflasterstein aufhob und ihn wie einen Schild benutzte. *KLANG!!* Dann briet sie dem Hauptmann eins damit über.

Die fünf Wachen stürzten sich auf sie und Edgin ging ihnen schleunigst aus dem Weg. Mit barbarischer Rage sprengte Holga ihre Handschellen und schaltete die Soldaten nur mit dem Pflasterstein bewaffnet einen nach dem anderen aus, während Edgin noch damit beschäftigt war, sich von seinen Fesseln zu befreien.

Blackwood kam schwankend auf die Füße und schlich sich von hinten an die Barbarin heran, als die gerade den letzten Soldaten erledigte. Der Hauptmann hob die Axt, als ... *KLONG!* Edgin, der endlich die Ketten los war, hatte die verstärkte Laute auf Blackwoods Kopf niederfahren lassen. Der Mann stürzte um wie ein gefällter Baum und ließ dabei die Axt fallen, die Holga auffing und eingehend musterte. »Ehe wir die Stadt verlassen ...«, sagte sie.

»... besorgen wir gekochtes Leinöl zur Reinigung, schon klar«, beendete Edgin ihren Satz.

Bald saßen die beiden wieder im Sattel und verließen Niewinter, um ihren nächsten Schachzug zu planen. »Wir könnten einen Pfeil mit einer Nachricht daran in Kiras Zimmer schießen«, schlug Holga vor.

Edgin furchte die Stirn. »Was, wenn er sie trifft?«

»Das Risiko müssen wir eingehen.«

»Meine Tochter mit einem Pfeil umzubringen?«, hakte Edgin ungläubig nach. »Nein, müssen wir nicht! Und selbst, wenn sie die Nachricht erhält, wird sie trotzdem nicht kommen. Sie hält jetzt Forge für ihren Vater.« Eine Weile ritt er schweigend vor sich hin. »Wir müssen in die Burg rein und sie selbst rausholen.«

KAPITEL 8

Holga glotzte Edgin an, als hätte er gerade vorgeschlagen, sie sollten sich Flügel wachsen lassen und einfach durchs Fenster fliegen, um Kira zu retten. »Du bist ja verrückt, Ed. Burg Nie ist besser gesichert als Korinns Festung. Und du weißt ja, wie das damals gelaufen ist.«

»Die Mission haben Forge und Sofina angeführt«, konterte er. »Diesmal würde ich das tun.«

»Das macht's nicht besser.«

»Wärmsten Dank«, murmelte Edgin, während in seinem Kopf bereits ein Plan entstand. »Wir brauchen eine Gruppe.«

»Eine Gruppe?«, wiederholte Holga. »Wieso sollte uns irgendwer helfen? Wir haben kein Geld, um Leute anzuheuern.«

Edgin lächelte. »Wir nicht, aber Forge. Er hat doch gesagt, die wohlhabendsten Leute kommen nach Niewinter, um auf die High Sun-Spiele zu wetten.«

Holga verstand, was er sagen wollte. »In seinem Tresor wird ein Vermögen liegen.«

»Genau. *Und* die Tafel der Wiedererweckung«, fügte Edgin hinzu. »Dann wird Kira wissen, dass …«

»Wir sie aus *gutem* Grund im Stich gelassen haben«, sagte Holga und rückte Blackwoods Axt zurecht, damit sie das Pferd nicht beim Gehen störte.

Edgin musterte sie mit zweifelnder Miene. »So hätte ich es nicht ausgedrückt, aber ja.«

»Und wen holen wir in unsere Gruppe?«

»Ich frage mich, ob Simon immer noch in Dreieber ist«, sagte Edgin versonnen. Dreieber war eine Siedlung unweit einer Kreuzung im Norden, wo viele Händler ihre Waren tauschten.

»Simon?«, hakte Holga ungläubig nach. »Aber er ist ein *furchtbarer* Zauberer.«

»Wir haben ihn seit zwei Jahren nicht gesehen. Ich bin sicher, er ist besser geworden«, meinte Edgin mit aller Zuversicht, die er aufbringen konnte.

In einem heruntergekommenen Theater in Dreieber stand Simon Aumar auf der Bühne und hob den Zeigefinger. Der Mann war von durchschnittlicher Körpergröße, eher schmal, mit sanften Spitzohren, und sah als Halbelf jünger aus, als er eigentlich war – beinahe jungenhaft. *PFFT!* Eine kleine Flamme schoss ihm aus dem Finger. »Bei dem Trick kann mir keiner das *Wasser* reichen!«, verkündete er.

Sein Publikum, das weniger als die Hälfte der Plätze im Theater einnahm, blieb unbeeindruckt. Gelangweilt rutschten die Leute auf ihren Plätzen herum. Simon blies die Flamme aus. Er konnte sehen, dass sie langsam das Interesse an seiner Vorstellung verloren.

»Wie wäre es hiermit?«, sagte er mit leichter Verzweiflung in der Stimme. »Mögt ihr den Geruch von frisch gemähtem Gras?« Er hob die Finger und beschwor ein vages Grasaroma. »Riecht ihr das? Frisch gemähtes Gras.«

Die Zuschauer zuckten mit den Schultern. »Den Zauber kriegt selbst mein Fünfjähriger hin«, rief jemand.

»Das mag sein«, räumte Simon ein. »Aber kann er auch das hier?« Er murmelte einen Zauberspruch. Zwar verschwand er nicht wie geplant, aber wenigstens sah sein Körper etwas durchsichtig aus.

»BUH!«, rief die Person von eben.

Edgin und Holga beobachteten Simons Nummer aus der letzten Bankreihe. »Er ist *nicht* besser geworden«, stellte die Barbarin fest.

»Ich glaube nicht, dass es ihm darum geht, was auf der Bühne passiert«, sagte Edgin und zeigte auf eine Kugel aus Geldbörsen und Beuteln, die in der Nähe in der Luft schwebte. Simon setzte seine Magie offenbar als Ablenkung ein, um heimlich die Taschen seines Publikums zu leeren.

Inzwischen war der Zauberer auf die beiden Gestalten in der letzten Reihe aufmerksam geworden. »Das ist doch …« Der kurze Konzentrationsverlust kostete ihn seinen Schwebezauber. Die Kugel aus gestohlenen Objekten fiel klimpernd zu Boden, und alle Blicke im Zuschauerraum richteten sich darauf.

Ein großer, haariger Kerl war der Erste, der die Beutel und Geldbörsen am Boden entdeckte. »Der klaut uns unser Zeug!« Ein verärgertes Raunen hallte durch den Raum.

»Jetzt wartet mal einen Moment«, sagte Simon und hob beschwichtigend die Hände. »Es ist nicht, wie ihr denkt. Das gehört alles zur Nummer! Ich wollte euch die Sachen im großen Finale zurückgeben.«

»Er lügt!«, brüllte der große Kerl.

»SCHNAPPT IHN!«, rief jemand.

Die Leute sprangen von den Plätzen auf und drängelten sich Richtung Bühne, wobei mehrere Sitzbänke umgestoßen wurden. Ein stämmiger Mann erreichte Simon zuerst und legte ihm die Hand um den Hals. Keuchend versuchte er, einen Schildzauber zu wirken und fischte etwas Pulver aus dem Beutel an seinem Gürtel. »Schildzauber … Schildzauber …« Panisch suchte er nach den richtigen Worten und presste schließlich *»Obscrus moyfin!«* hervor.

WUSCH! BÄMM! Die Schwerkraft im Theater kehrte sich

um und alle, inklusive Simon, Edgin und Holga flogen nach oben und prallten gegen die Decke.

»Das war gar kein Schildzauber!«, stammelte Simon erschrocken.

Benommen rappelten sich die Leute auf und liefen kopfüber auf Simon zu. »Ihr spaziert falschherum an der Decke entlang und wollt mir immer noch an den Kragen?!«, kreischte Simon. *»OBSCRUS MOYFIN!«*

WOMP! BLÄM! Alle fielen wieder auf den Theaterboden. »Ich kann nicht behaupten, dass mir seine Aufführung zusagt«, meinte Edgin und rieb sich ächzend den Rücken.

Diesmal war der große Haarige zuerst bei Simon. »Du bist ein toter Mann!«

»OBSCRUS ...«, war alles, was Simon zustande brachte, ehe der Kerl ihm die Pranke vor den Mund legte. Simon zappelte, um sich ihm zu entwinden, und stach ihm dabei mit dem Finger ins Auge. Der Mann ließ ihn los. *»MOYFIN!«*, keuchte Simon.

Wieder flogen alle an die Decke, aber diesmal krachte Simon durch ein Oberlicht. *KLIRR!*

Ohne etwas, das seinen Aufstieg bremste, stieg Simon höher und höher in die Luft. Panisch wiederholte er den Spruch und versprach sich prompt: *»OBFIN ...* nein ... *OBSCRUS MOYFIN!«* Er stürzte ab, kam auf dem Theaterdach auf, purzelte die Schräge hinab und landete in Holgas Armen, die soeben aus dem Gebäude getreten war.

»Simon«, begrüßte sie ihn.

»Holga«, antwortete er.

»Und? Lust auf eine Zugabe?«, spöttelte Edgin.

»Bringt mich bloß hier weg«, flehte Simon.

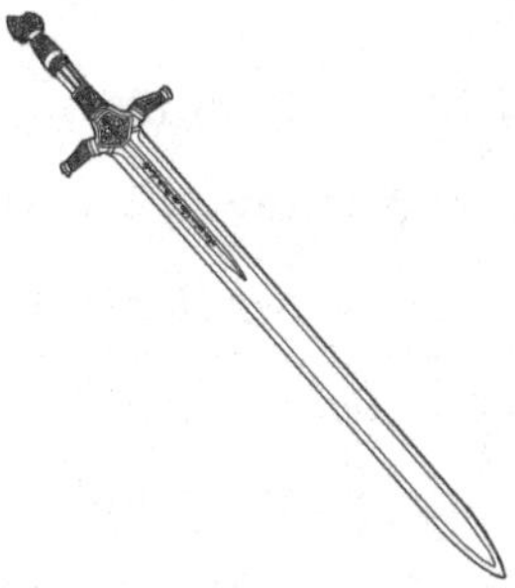

KAPITEL 9

Edgin, Holga und Simon verließen Dreieber im Galopp und ritten über die Ebene. Sie passierten ein Gehöft, dessen Besitzer gerade dabei war, seine Herde zum Abend zusammenzutreiben – es waren Axtschnäbel, große, vogelähnliche Bestien, deren Schnäbel wie Axtköpfe geformt waren. Die Kreaturen ließen sich zwar durchaus satteln und reiten, aber nur die erfahrensten Leute nutzten sie als Reittiere, denn Axtschnäbel waren aggressiv und gefährlich.

Unterwegs erörterten die drei Flüchtigen Edgins Einbruchsplan. Simon hatte erhebliche Zweifel.

»Ich hätte dir sagen können, dass Forge ein Drecksack ist«, sagte Simon. »Kaum hatten wir Korinns Festung verlassen, hat Sofina versucht mich umzubringen und er hat einfach tatenlos zugesehen. Ich bin gerade so lebend davongekommen. Man munkelt sogar, sie hätte Lord Nieglut krank gemacht, um Forge den Weg zu ebnen. Ihre Magie ist viel komplexer als meine.«

»Ach, stell dein Licht nicht unter den Scheffel«, spöttelte Edgin. »Wir haben immerhin deine Vorstellung gesehen.«

»Der Trick mit dem frisch gemähten Gras würde Sofina bestimmt von den Socken hauen«, stichelte Holga.

»Ach, haltet den Rand«, grollte Simon. »Hör zu, ich verstehe ja, dass du deine Tochter retten willst. Und ich liebe den Gedanken daran, Forge von seinem hohen Ross zu stoßen. Aber in Burg Nie einzubrechen ist das Risiko nicht wert.«

»Aber dein Publikum zu bestehlen schon?«, hakte Edgin nach.

Simon ignorierte ihn.

Edgin ließ nicht locker. »Wie pleite bist du?«

»Völlig«, räumte Simon ein, während sie ihre Reittiere auf einen flachen Hügel lenkten. »Eigentlich wollte ich heute im Theater übernachten, aber das kommt mir in Anbetracht der veränderten Umstände … unklug vor.«

»Tja, mein Lieber, wir sprechen hier von mehr Geld, als du in deinem ganzen Leben ausgeben kannst«, sagte Edgin, um Simon zu überzeugen, sich ihnen doch noch anzuschließen. »Und damit meine ich die Lebensspanne eines Halbelfen! Also … doppelt so lange wie unsere, oder?«

»Ungefähr«, bestätigte Simon und seufzte. »Wissen wir überhaupt, welche arkane Magie Forges Tresorraum schützt?«

Edgin zuckte mit den Schultern. »Das finden wir noch heraus.«

»Und wie?«, fragte Simon spitz. »Willst du dich etwa an sämtlichen Burgwachen vorbeischleichen? Das sind nämlich eine Menge.«

Edgin überlegte. »Ich nicht. Aber vielleicht ein Druide. Jemand, der Tiergestalt beherrscht.« Manche Druiden besaßen die Fähigkeit, sich in mehrere Tiere zu verwandeln, solange sie ihnen schon einmal begegnet waren. »Die Person könnte sich ungesehen hineinschleichen, zum Beispiel als Maus oder …«

»Reh«, schlug Holga vor.

»Genau, als *Reh*«, gab Edgin sarkastisch zurück. »Die perfekte Tarnung bei all den Rehen, die in so einer Burg herumlaufen.«

»Verspotte mich nicht«, warnte Holga.

Edgin wandte sich wieder an Simon: »Wo finden wir einen Druiden?«

Der Zauberer zögerte kurz und antwortete dann etwas verlegen: »Ich kenne eine Druidin namens Doric. Sie lebt im Niewinterwald und hat schon mehr durchgemacht, als wir alle zusammen. Aber sie ist die ehrbarste Seele, der ich je begegnet bin.« Sein Blick hatte auf einmal etwas Entrücktes.

Edgin hob die buschigen Augenbrauen. »Das hört sich für mich nach einer Romanze an.«

Simon nickte traurig. »Für mich schon. Aber sie fand mein fehlendes Selbstbewusstsein unattraktiv.«

»Ist nicht deine stärkste Eigenschaft«, stimmte Holga zu.

»Danke auch«, erwiderte Simon niedergeschlagen.

Spielerisch zerwühlte sie ihm das Haar.

In der Hoffnung, Doric für ihren Plan zu gewinnen, Forges Tresor auszurauben, machten sich Holga, Edgin und Simon auf den Weg zum Niewinterwald. Am Waldrand stießen sie auf eine öffentliche Exekution, zu der sich mehrere Schaulustige eingefunden hatten. Die Arme einer Waldelfin waren an einen Baum gefesselt, die Beine an ein Pferd.

»Oh«, machte Simon, als er die Situation erfasst hatte.

»Was?«, hakte Edgin nach.

»Da ist sie«, sagte der Zauberer und nickte zur Hinrichtung.

Der Henker machte einen Schritt nach vorn, in der Hand eine Schriftrolle, aus der er vorlas: »Auf Befehl von Lord Fitzwilliam wird die Gefangene hiermit wegen Hochverrats zum Tode verurteilt!«

»Sollen wir eingreifen?«, fragte Holga leise.

»Auf keinen Fall«, erwiderte Simon.

Da meldete sich trotzig die Waldelfin zu Wort: »Die Smaragdenklave wird niemals aufgeben! Gerechtigkeit könnt ihr nicht hinrichten!« Die Smaragdenklave war eine Aktivistengruppe, die sich voll und ganz dem Naturschutz verschrieben hatte. Die Mitglieder waren wahre Überlebensexperten und boten der zivilisierten Welt mutig die Stirn, wann immer sie ihre geliebte Natur bedrohte.

»Deine Doric ist ein wenig rebellisch«, bemerkte Edgin.

»Oh, das da ist nicht Doric«, sagte Simon.

Der Henker gab der berittenen Wache ein Zeichen, die ihrem Pferd die Sporen gab, um es anzutreiben. Aber anstatt drauflos zu galoppieren, bäumte sich das Tier auf und warf seinen Reiter ab. Dann verwandelte es sich ... Federn und ein Schnabel bildeten sich und der Körper wurde massiger, bis ein Eulenbär vor ihnen stand, eine monströse, bärenartige Kreatur mit dem Gesicht einer Eule. Die Schaulustigen kreischten panisch.

»*Das* ist sie«, stellte Simon klar.

Die Wachen versuchten die Bestie zu überwältigen, aber sie machte kurzen Prozess mit ihnen und stieß sie einfach aus dem Weg, um sich dann dem Seil der Gefangenen zu widmen.

»Was ist das für ein Viech?«, wollte Edgin wissen.

»Das ist ein Eulenbär«, antwortete Simon.

Das Monstrum riss eine Wache vom Pferd und verwandelte sich erneut, diesmal in einen rothaarigen weiblichen Tiefling – ein Wesen von humanoidem Aussehen, allerdings mit Hörnern und Schweif. Die Tieflingfrau schwang sich aufs Pferd, zog die Waldelfin hinter sich in den Sattel und galoppierte davon. Die drei Beobachter wussten sofort, dass mit Doric nicht zu spaßen war. Sie würden vorsichtig vorgehen müssen, wenn sie nicht wie diese Wachen enden wollten.

»Wir sollten ihr folgen«, entschied Edgin.

Simon sah Doric mit hingebungsvollem Blick hinterher. »Hinreißend«, seufzte er, wie benommen von seinen romantischen Gefühlen. Holga schnappte sich die Zügel seines Pferds und zog ihn davon.

Bald hatten Doric und ihre Begleiterin das Elfendorf in den Baumwipfeln erreicht. Hoch oben im Laubdach angekommen, bedankte sich die Waldelfin bei Doric und ging. Kaum war sie fort, vernahm Doric eine nörgelnde Stimme, die sich über die steile, aus Zweigen geformte Treppe beklagte.

»Wie hoch denn *noch?*«, keuchte Edgin atemlos.

»Wir sind gleich da«, tröstete ihn Simon.

Kaum waren Simon, Edgin und Holga oben angekommen, hatte Doric schon die Schleuder geladen, die in ihren Handschuh eingearbeitet war. »Bleibt, wo ihr seid!«, warnte sie.

»Warte, warte!«, rief Simon und hob die Hände, um ihr zu zeigen, dass er unbewaffnet war. »Ich bin es! Simon!«

Doric senkte die Schleuder nicht. »Simon wer?«

»Autsch«, machte Edgin. Das hatte dem Zauberer bestimmt einen Stich versetzt.

»Simon Aumar«, antwortete er. »Der Zauberer. Ich habe dich eine Weile umworben, aber du hast mir gesagt, ich mache dich traurig. Nicht mit meinen Taten, sondern weil ich so bin, wie ich bin.«

Langsam ließ Doric die Schleuder sinken. »Oh«, sagte sie, immer noch vorsichtig. »Richtig. Was machst du hier?«

»Wir brauchen ein Reh«, erklärte Holga.

»Wir brauchen *kein* Reh«, korrigierte Edgin und warf Holga einen genervten Seitenblick zu. »Wir wollen Forge Fitzwilliam aufs Kreuz legen.«

Doric hob eine Augenbraue.

KAPITEL 10

Doric führte die drei in eine Taverne hoch oben im Laubdach. Die Gäste, allesamt Waldelfen, drehten sich zu ihnen um und starrten sie an. Sie waren den Anblick von Menschen und Halbelfen in ihrem Dorf nicht gewohnt. Ein älterer Elf sprach Doric auf Elfisch an und sie antwortete ihm in derselben Sprache. Der Ältere schien aufgebracht darüber zu sein, dass sie Fremde in die Taverne gebracht hatte.

»Verstehst du, was sie sagen?«, fragte Edgin leise.

»Ich kenne nur das elfische Wort für Bier«, antwortete Holga. Eine Weile lauschte sie dem Gespräch. »Darüber sprechen sie jedenfalls nicht.«

Doric hatte den alten Elfen inzwischen beruhigt und führte die Gefährten zu einem einsamen Tisch in der Nähe eines warmen Ofens, der in einer eher ruhigen Ecke des Raums stand.

»Wie kommt's, dass du hier lebst?«, wollte Edgin von Doric wissen.

Edgin ist ein Barde. Er ist schlau und charismatisch
und spielt auf seiner Laute mitreißende Lieder!

Edgin war früher Harfner.
Die Harfner haben geschworen, die Einwohner **Faerûns** zu beschützen.

Holga ist mit Edgin befreundet.
Sie ist Barbarin und damit eine starke, mächtige Kämpferin.

Edgin und Holga reiten in die Stadt **Niewinter**.

In Niewinter wird Edgin mit seiner Tochter **Kira** wiedervereint.

Sie treffen dort auch ihren alten Freund **Forge** wieder,
der inzwischen Lord von Niewinter ist.

Edgin und Holga müssen entsetzt feststellen,
dass Forge mit der bösen Magierin **Sofina** zusammenarbeitet!

Um sich Sofina und Forge entgegenzustellen, rekrutieren Edgin
und Holga ihren alten Freund **Simon**, einen aufstrebenden Zauberer.

Außerdem heuern sie **Doric** an,
eine Druidin, die verschiedene Tiergestalten annehmen kann.

Das Team ist gefunden, fehlt nur noch ein Plan!

Die Gruppe trifft einen Paladin namens **Xenk**.
Xenk ist mutig und aufrichtig.

Xenk hilft der Truppe, den Helm der Auftrennung zu finden.

Edgin und Xenk lernen ein paar wichtige Lektionen
über den jeweils anderen – und über gute Zusammenarbeit.

Edgin stimmt ein Lied an, um die anderen zu erfreuen.

»Ich wurde unter Menschen geboren, die kein Tieflingkind wollten«, antwortete sie. »Die Waldelfen nahmen mich bei sich auf. Ich bin der Smaragdenklave beigetreten, um sie zu beschützen.«

Edgin hob eine Hand. »Umso mehr Grund, dich uns anzuschließen. Du bist die Einzige, die ungesehen in Forges Burg eindringen und herausfinden kann, womit wir es zu tun haben.«

»Seid ihr nur zu dritt?«, fragte Doric.

Edgin nickte.

»Wie du dir vorstellen kannst, tu ich mich schwer damit, Menschen zu vertrauen«, sagte Doric unumwunden. »Ich finde euch abscheulich und egoistisch.«

»Und ich finde dich ziemlich gemein«, konterte Edgin.

»Falls es hilft«, warf Simon ein, »ich bin nur zur Hälfte ein Mensch.«

»Aber ein schlechter Zauberer«, erwiderte Doric trocken.

Simon sackte niedergeschlagen in sich zusammen. Doric sammelte mit bloßen Händen ein paar Kohlestücke aus dem Ofen, legte sie in eine Schale und rührte um.

»Simon ist ein *mächtiger* Zauberer!«, protestierte Edgin. »Er ist ein Nachfahre von Elminster Aumar.«

»Wer sein Ururgroßvater war, spielt keine Rolle«, sagte Doric. »Der einzige Weg, diese Mission erfolgreich abzuschließen, ist, an ihre Durchführbarkeit zu glauben. Und das tut er nicht.« Beiläufig nahm sie einen Bissen ihres eigenartigen Mahls.

»Da hast du wohl recht«, räumte Simon ein. Erst da fiel ihm auf, was sich in ihrer Schale befand. »Du isst Asche?«

»Ja. Ich bin ein Tiefling«, antwortete Doric, als würde das alles erklären.

»Ah«, machte Simon, als wüsste er, wovon sie redete. Was er keineswegs tat.

Edgin lenkte das Gespräch zurück auf seinen Vorschlag. »Gut, Simon mag weder meine Schläue noch Holgas Muskelkraft besitzen, aber wenn es darauf ankommt, dann liefert er richtig ab. Deshalb habe ich ihn ausgewählt.«

»Außerdem kennst du sonst keine Zauberer«, erinnerte ihn Holga.

»Holga«, knurrte Edgin. »Das war nicht hilfreich.«

Doric starrte Edgin an. »Was genau ist *deine* Aufgabe?«

»Ich?«, fragte Edgin verblüfft. In seinen Augen lag die Antwort auf der Hand. »Ich bin ein Planer. Ich schmiede Pläne.«

Doric wischte die letzten Aschekrümel aus der Schale. »Du hast den Plan schon geschmiedet. Welchen Wert hast du dann noch?«

»Falls dieser Plan fehlschlägt, schmiede ich einen neuen Plan«, antwortete Edgin.

»Also schmiedest du Pläne, die fehlschlagen?«, hakte Doric nach.

»Nein …«, meinte Edgin irritiert.

»Außerdem zupft er die Laute«, warf Holga ein.

»Nicht relevant«, sagte Edgin und wandte sich wieder an Doric. Seine hellblauen Augen leuchteten. »Glaub mir«, sagte er. »Ich bin unverzichtbar.«

Doric stand auf und trat an ein Fenster, von dem aus man einen guten Ausblick auf den Niewinterwald hatte. Überall waren Schneisen im Gehölz sichtbar. »Lord Nieglut war ein guter Freund der Smaragdenklave«, sagte sie, den Blick starr aus dem Fenster gerichtet. »Doch als Forge Lord von Niewinter wurde, haben wir ihn schnell als Tyrannen entlarvt und uns seiner Herrschaft widersetzt. Er hat uns zu Feinden erklärt und angefangen, unsere Heimat zu zerstören. Er hat mehr als einmal deutlich gemacht, dass ihn weder das Schicksal der Bewohner von Niewinter noch sonst irgendetwas kümmert. Und es gibt kaum etwas Gefährlicheres als einen Politiker, der an nichts glaubt.«

Sie wandte sich vom Fenster ab und musterte das Trio am Tisch. »Ich helfe euch, Forge auszurauben. Aber ich tu's nicht fürs Geld, sondern für die Leute, die mich aufnahmen, als mich sonst keiner wollte.«

Ihr Angebot traf auf Schweigen. Edgin lächelte still vor sich hin.

»Heißt das, wir kriegen deinen Anteil?«, hakte Holga nach.

KAPITEL 11

Auf Burg Nie war Forge Fitzwilliam gerade dabei, zwei Würdenträger von außerhalb herumzuführen. Din Kaldbrunn und Porb Piradost wollten sich persönlich von den hiesigen Sicherheitsvorkehrungen überzeugen, ehe sie entschieden, ob sie Forge für die Dauer der High Sun-Spiele ihr Geld überlassen wollten. Sie hatten reichlich davon mit nach Niewinter gebracht, um ihre extravaganten Wetten bezahlen zu können. Sie schlenderten gerade einen langen Korridor entlang, als sich Sofina von hinten näherte.

»Wir wissen es zu schätzen, dass Ihr Euch die Zeit nehmt, Lord Fitzwilliam«, sagte Din Kaldbrunn.

»Aber das ist doch selbstverständlich«, säuselte Forge und schenkte ihm ein charmantes Lächeln. »Es ist mir eine Ehre, Euch willkommen zu heißen, meine Herren. Wir haben sämtliche Vorkehrungen getroffen, um die Geldmittel zu schützen, die Ihr bei den High Sun-Spielen einsetzen wollt. Neue Eisentore an allen Eingängen, die sich automatisch verschließen, wenn der Alarm ertönt – so kommt niemand herein oder heraus.«

An einer Wand saß eine Fliege, die die vorbeiziehende Gruppe zu beobachten schien.

»Dann wäre da noch der eigentliche Tresorraum«, fuhr Forge fort. Sie hatten soeben eine Tür ohne Griff erreicht, als die Fliege ihren Platz an der Wand verließ, um ihnen zu folgen. »Meine oberste Beraterin Sofina kann Euch sämtliche Details dazu geben.«

Die beiden Gäste drehten sich zur Magierin um.

»Er wird durch das Arkane Siegel von Mordenkainen geschützt«, sagte sie.

Schweigend warteten sie ab, dass sie ihnen erklärte, wie der magische Schutz funktionierte, aber sie starrte sie nur an.

Forge unterbrach die unangenehme Stille. »Also, vielleicht nicht *alle* Details. Aber es ist ein wirklich mächtiger Zauber. Einer der besten.« Eigentlich hatte Forge keine Ahnung, wie das Arkane Siegel von Mordenkainen funktionierte. Sofina hatte es ihm nie gesagt.

»Eure Sicherheitsvorkehrungen sind beeindruckend, Lord Fitzwilliam«, meinte Porb Piradost anerkennend. Forge nahm das Kompliment mit einem bescheidenen Kopfnicken an. »Darf ich fragen«, fuhr Piradost fort, »was Euch dazu verleitet hat, die Spiele weiterzuführen? Lord Nieglut fand sie doch recht … brutal.«

Forge zuckte fast unmerklich mit den Schultern. »Lord Nieglut und ich sind zwei sehr verschiedene Männer. Zum Beispiel bevorzuge ich es, aktiv zu sein, anstatt tatenlos vor mich hin zu vegetieren.«

Din Kaldbrunn gluckste. »Flegel.«

»Es ist doch so«, sagte Forge. »Diese Spiele einen die Stadtbewohner wie nichts sonst. Die Regierung hat nicht das Recht, den Leuten zu verweigern, wonach sie sich sehnen.« Er machte eine Pause. »Genauso wenig wie Euch stinkreichen Herren das Recht zu nehmen, von besagten Leuten zu profitieren.«

Piradost und Kaldbrunn lachten. Die Fliege näherte sich der Gruppe – nahe genug, um die Markierungen unter Sofinas Kapuze erkennen zu können. Die Rote Magierin wurde sofort auf den Eindringling aufmerksam.

»Also dann, wer hat Lust auf Erfrischungen?«, fragte Forge und rieb sich die Hände.

»Ruhe!«, zischte Sofina. »Unter uns befindet sich ein Tiergestaltler!«

Die Männer sahen sich verwirrt um, konnten jedoch nichts Außergewöhnliches entdecken. Sofina hingegen hatte die Fliege im Blick und stieß einen markerschütternden Schrei aus. Sofort verzog sich das Insekt in eine Mauerritze.

KRÄÄÄCK! Sofina schleuderte einen Donnerwoge-Zauber auf die Wand, wodurch Steine kreuz und quer durch den Korridor flogen. Die Männer duckten sich und suchten Deckung.

Aber Doric hatte die Mauer bereits verlassen und sich von einer Fliege in eine Maus verwandelt, die so schnell es ging den Flur entlanghuschte. Auf Sofinas Befehl folgten ihr gleich mehrere Wachen mit gezogenen Waffen, bereit, den winzigen Eindringling zu erledigen.

Doric floh in eine dekorative Rüstung und verwandelte sich in ihre eigentliche humanoide Tiefling-Gestalt. Von der Rüstung geschützt lief sie scheppernd den Korridor entlang. *KLANK, KLANK, KLANK …*

Eine Wache sah die ungelenke Rüstung und hieb mit dem Schwert darauf ein. Sie fiel lärmend in sich zusammen und Doric huschte als Maus aus dem Helm.

Sie rannte eine Treppe hinunter und fand sich in einer Zelle wieder, wo ein Gefangener vor sich hin schmorte. Doric kletterte an dem verdatterten Mann hoch und sprang durchs vergitterte Fenster ins Freie. »Warte, kleine Maus!«, rief der Gefangene. »Nimm mich mit!«

Die Maus purzelte an der Burgmauer hinab, doch bevor sie am Boden aufprallen konnte, wuchsen ihr Flügel und sie verwandelte sich in einen Falken. *SIRRR! ZAPP!* Von den Zinnen feuerten Wachen Pfeile auf den Vogel. Einer streifte ihn am Flügel und er purzelte in den Schornstein eines Hauses, das dicht neben der Burgmauer stand.

Immer noch in Vogelgestalt rutschte Doric die rußige Esse hinab und landete schließlich als Katze im kalten Kamin. Sie trottete heraus und durchquerte einen Raum.

Der Ausgang wurde von einem großen Hund blockiert, der sie drohend anknurrte.

Doric wechselte in ihre Tiefling-Gestalt und knurrte zurück. Der Hund zog den Schwanz ein und trollte sich. Sie trat aus dem Haus und schlüpfte dabei in einen Mantel, der neben der Tür hing.

Draußen auf der geschäftigen Straße boten Händler an überfüllten Ständen ihre Waren feil. Doric verwandelte sich wieder – diesmal in einen Axtschnabel, um sich unter die Tiere zu mischen, die einer der Händler zum Verkauf anbot. Aber Sofina setzte ihre magischen Fähigkeiten ein und durchschaute Dorics Tarnung sofort. Mit einem zornigen Schrei zeigte sie auf die Druidin und drängte die Wachen zur Eile. »Da! Der da ist es!«

Die Soldaten rannten zu Doric, die als zweibeiniger Axtschnabel vor ihnen floh. Doch die Wachen holten bereits auf. Sie musste einen Zahn zulegen. Also verwandelte sie sich ein letztes Mal …

In ein Reh.

Sie sprang eine Treppe hinauf auf ein Steinaquädukt, über das Wasser in die Stadt floss. Sofina feuerte einen mächtigen Zauber auf das Bauwerk. *RUMMS!* Steine flogen durcheinander und das Reh stürzte ab.

Kaum wieder auf den Hufen rannte Doric auf ein Tor zu, das sie gerade noch durchqueren konnte, ehe es sich rasselnd schloss. Sie ließ die Stadt schnell hinter sich und lief auf den umliegenden Wald zu.

Das Reh war kaum im Unterholz verschwunden, als Forge an Sofinas Seite trat. »Ich vermute, das ist Edgins Werk«, murmelte er. »Ich schicke ihm einen Suchtrupp hinterher.«

»Nein«, widersprach Sofina finster. »Darum kümmere ich mich.«

In derselben Nacht saß Doric in der Elfentaverne in den Baumwipfeln mit Edgin, Holga und Simon an einem Tisch. Erschöpft von ihrer Spionagemission in der Burg berichtete sie, was sie in Erfahrung gebracht hatte.

»Sie hat sich also *doch* in ein Reh verwandelt«, sagte Holga triumphierend.

»Aber erst ganz am Schluss!«, verteidigte sich Edgin. »Du bist dir also ganz sicher, dass Sofina eine Rote Magierin ist?«, fragte er Doric.

Sie nickte. »Als Fliege konnte ich die Markierungen sehen, die sie unter der Kapuze verbirgt. Die sind unverkennbar.«

Simon pfiff beeindruckt. »Eine Rote Magierin! Kein Wunder, dass ich gegen ihren Zeitstopp nichts ausrichten konnte.«

Edgin kochte vor Zorn. »Und Forge hat es die ganze Zeit gewusst! Er hält meine Tochter da drin mit einer Roten Magierin fest!«

Doric breitete eine simple Karte auf dem Tisch aus, die den

Tresorraum und die umliegenden Korridore zeigte. Sie hatte sie gleich nach ihrer Ankunft im Elfendorf aus dem Gedächtnis gezeichnet. »Der Tresor wird von irgendetwas geschützt … dem Arkanen Siegel von Morde keinen oder so«, sagte sie.

»Mordenkainen?«, hakte Simon nach.

»Genau«, bestätigte Doric.

»Tja, zu schade«, meinte Simon. Die anderen sahen ihn fragend an. »Wenn der Tresor wirklich durch Mordenkainens Siegel geschützt ist, kommen wir nicht rein. Es ist undurchdringlich.«

»Kannst du ihn nicht einfach mit Magie öffnen?«, wollte Holga wissen.

Simon rollte seufzend mit den Augen. »Ah, wieder die alte Leier. Langsam nervt es, dass immer alle denken, man könnte jedes Problem ganz einfach mit Magie lösen. Aber auch die hat ihre Grenzen. Wir sind hier nicht im Märchen, sondern in der echten Welt.«

»Es gibt also keine Möglichkeit, den Tresor zu öffnen?«, hakte Doric nach.

Simon zuckte mit den Schultern. »Nur wenn ich zu den mächtigsten Zauberern der Welt gehören würde … Also nein. Oder wenn wir den Helm der Auftrennung hätten.«

Edgin horchte auf. »Den was?«

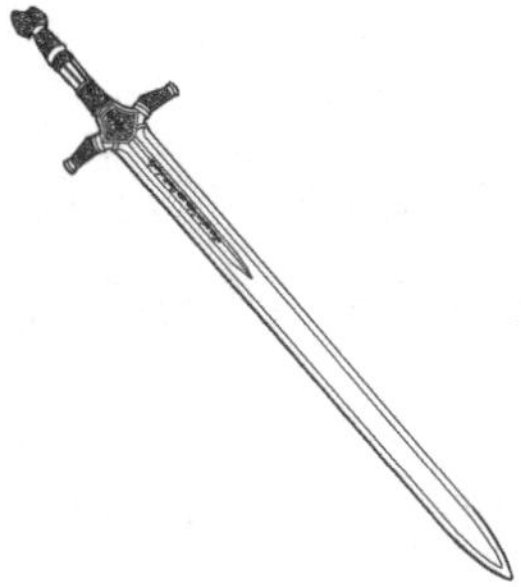

KAPITEL 12

»Den Helm der Auftrennung«, wiederholte Simon. »Damit lassen sich alle in der Nähe befindlichen Zauber aufheben. Aber das spielt keine Rolle, er ist nämlich seit Ewigkeiten verschollen. Das war's für uns.« Er stand auf und ging zum Tresen.

Edgin folgte ihm. »Komm schon, Junge. Wo liegt das Problem? Wir finden den Helm schon.«

Simon drehte sich zu ihm um. »Selbst wenn, ich könnte ihn nicht einfach so verwenden. Ich müsste ihn erst auf mich einstimmen, und darin bin ich furchtbar schlecht.«

»Du schaffst das«, ermutigte ihn Edgin. »Ich weiß es.«

»Bloß weil du es sagst, wird es nicht wahr.«

»Nein, aber wenn *du* es sagen würdest schon.«

»Ich kann aber nicht.«

»Wirst du aber.«

»Werde ich nicht!«

»Komm schon, sag's einfach.«

»Nein!«

»Also gut, also gut«, lenkte Edgin seufzend ein. »Lass uns dieses Gespräch für uns behalten. Ich will nicht, dass die Gruppenmoral leidet.«

»Welche Moral denn?«, fragte Simon niedergeschlagen, während Edgin ihn zurück zum Tisch schob.

»Holga weiß, wo der Helm der Auftrennung ist«, verkündete Doric, als sie sich hingesetzt hatten.

»Ach wirklich?«, fragte Edgin aufgeregt. Endlich tat sich etwas.

Holga nickte. »Mein Stamm hat im Ewigen Moor gegen den Drachenkult um den Helm gekämpft. Wir könnten meine Leute fragen, wo er abgeblieben ist.«

Simon furchte verwirrt die Stirn. »Aber die Schlacht ist einhundert Jahre her. Die sind doch alle längst tot.«

»Dann frag sie mit Magie«, schlug Holga vor.

Simon nickte nachdenklich. »*Das* kann ich tatsächlich. Den Trick habe ich von einem Kleriker gelernt, bei dem ich in der Lehre war.«

»Du kannst die Toten zurückbringen?«, fragte Doric, gleichermaßen überrascht wie beeindruckt. Sie hatte ja keine Ahnung gehabt, dass Simon zu solch außergewöhnlichen Dingen fähig war. Die Toten ins Leben zurückzuholen erforderte doch bestimmt viel mehr Selbstbewusstsein, als sie bei Simon je erlebt hatte.

Der Zauberer schüttelte den Kopf. »Nicht zurückbringen«, gab er zu. »Aber ich besitze ein Zeichen, das es mir erlaubt, den Toten Fragen zu stellen. Danach sterben sie endgültig.«

»Igitt«, machte Doric.

»Ja, ist ziemlich eklig«, stimmte Simon zu.

Edgin hingegen schöpfte neuen Mut. »Sieht aus, als gehen wir ins Ewige Moor. Danke für die Getränke, Simon.« Er, Holga und Doric standen auf und verließen die Taverne. Die Rechnung musste Simon begleichen. Seufzend griff er tief in die Tasche. Er konnte nur hoffen, dass er genug Münzen dabeihatte.

Die vier Gruppenmitglieder folgten dem Verlauf des Flusses Surbrin durchs Ewige Moor, als Edgin in Ufernähe eine blaue Libelle auffiel, die dicht über der Wasseroberfläche schwebte. Der Anblick weckte eine Erinnerung ... Er stand neben seiner Frau Zia und sie lächelten einander zu.

»Hey, Ed«, rief Holga und riss ihn aus seinem Tagtraum. »Sieh mal, wo wir sind.« Sie zeigte auf ein Dorf auf einem Hügel direkt vor ihnen. Edgin erkannte die Siedlung. Sie hieß Langsattel und war die Heimat von Holgas Ex-Ehemann.

»Willst du hier wirklich haltmachen, um Marlamin zu besuchen?«, fragte Edgin.

»Hatte ich dir doch gesagt«, erinnerte ihn Holga.

»Warum willst du dir das antun?«

»Ich will nur ein paar Sachen abholen«, behauptete Holga, was nicht einmal in ihren Ohren überzeugend klang. Sie lenkte ihr Pferd in Richtung Dorf.

Kopfschüttelnd drehte sich Edgin zu Doric und Simon um. »Wir machen hier kurz Rast.« Sie ließen die Tiere grasen und warteten auf Holgas Rückkehr.

Die Barbarin ging zu Marlamins Hütte und blieb zunächst am Zaun stehen, von wo aus sie das Haus betrachtete und an ihre Zeit hier zurückdachte. Es sah anheimelnd aus mit den Blumenkästen unter den Fenstern, den frisch gestrichenen Läden und dem weißen Rauch, der aus dem Schornstein aufstieg. »Er hat die Fensterläden gestrichen«, murmelte Holga. »Hübsch.«

Sie straffte den Rücken, um sich für das Wiedersehen mit ihrem Ex-Ehemann zu stählen, und ging zum Eingang. Sie klopfte an und die Tür öffnete sich.

»Holga?«, sagte Marlamin überrascht. Er trug ein einfaches Oberteil, eine Weste und grobe, braune Hosen. Seine Augen und sein Lächeln waren freundlich und strahlend.

»Hallo, Marlamin«, begrüßte sie ihn.

Drinnen setzte er Holga Tee und belegte Brote vor. »Ich dachte, deine Haft wäre länger«, sagte er und stellte das Tablett ab.

»Ich bin ausgebrochen«, informierte sie ihn, nahm ein Brot und biss ab.

Marlamin gluckste. »Ganz die alte Holga.«

»Was hast du so getrieben?«, fragte sie mit vollem Mund.

»Ach, das Übliche.« Marlamin zuckte mit den Schultern. »Ich habe immer noch den Garten. Ich arbeite an meinem Buch. Und lerne jetzt Panflöte spielen.«

Holga fiel ein Holzstab auf, der in einer Ecke stand. »Ich sehe, du hast immer noch den Wanderstab, den ich dir geschenkt habe.«

»Ja«, gab Marlamin nickend zurück. »Du kannst ihn mitnehmen, wenn du willst. Gwinn hat's nicht so mit dem Wandern.«

»Gwinn?«, hakte Holga verwirrt nach.

In dem Moment öffnete sich die Tür und jemand trat ein. Die schweren Schritte zeugten von einer groß gewachsenen Person.

Eine tiefe weibliche Stimme hallte durch den Vorraum. »Bist du zu Hause, Liebling?«

»Hier drin«, antwortete Marlamin.

Eine große, athletisch gebaute Barbarin mit einem Sack über der Schulter trat ein. »Ich habe ein Rudel Bullywugs gefunden, drüben bei …« Ihr Blick fiel auf Holga. »Oh. Hallo. Und wer ist das?«

KAPITEL 13

Marlamin stand auf und stellte sie einander vor. »Ähm, Gwinn, das ist Holga. Holga, Gwinn.«

»Ohhh«, machte Gwinn und musterte die andere Frau von Kopf bis Fuß. »Ich habe viel von dir gehört. Ich würde dir ja die Hand geben, aber …« Sie zeigte Holga ihre Handflächen, die voller getrocknetem Bullywug-Blut waren.

Holga versuchte ihre Betroffenheit über Gwinns Ankunft so gut es ging zu verbergen. »Freut mich«, sagte sie.

»Wie lange bleibst du?«, wollte Gwinn wissen.

»Nur auf der Durchreise«, erwiderte Holga. »Muss nördlich von Nesmé mit ein paar Leichen reden.« Nesmé war ein kleiner Ort am Ufer des Surbrin.

»Wunderbar«, sagte Gwinn, erleichtert, dass die Ex-Ehefrau ihres Mannes nicht lange bleiben würde. Sie küsste Marlamin auf den Mund. »Ich geh mal das Geschirr abwaschen. Was gibt's zum Abendbrot?«

Der Mann lächelte. »Ich habe eine Gans geräuchert und Gewürzbeeren gesammelt.«

»Mmh«, gurrte Gwinn und leckte sich die Lippen. »Nett, dich kennenzulernen, Holga.« Sie schulterte den Sack und ließ die beiden allein.

»Wie lange seid ihr schon zusammen?«, fragte Holga, als die andere Frau fort war.

Marlamin dachte nach. »Fast ein Jahr.«

»Macht sie dich glücklich?« Holga konnte nicht anders; sie musste es wissen. »Glücklicher als ich?«

Einen Moment lang schwieg er. Er wollte Holga nicht wehtun, aber auch aufrichtig mit ihr sein. »Lass es mich so ausdrücken«, sagte er, »sie verdient ihren Lebensunterhalt auf ehrliche Art. Sie bringt mich nicht zum Weinen, weil ich mich in den frühen Morgenstunden frage, wo sie steckt, und fürchte, dass man sie ins Gefängnis geworfen oder umgebracht hat.«

»Ich habe gelitten!«, verteidigte sich Holga empört. »Ich wurde von meinem Stamm verstoßen, um mit dir zusammen zu sein!«

»Und ich habe immer versucht, dir ein Heim zu bereiten, das dich diesen Umstand vergessen lässt«, konterte Marlamin. »Aber das konntest du nie.«

Holga seufzte. »Gwinn scheint mir nett zu sein. Das hast du verdient.«

Marlamin lächelte. »Danke. Ich habe zweimal im Leben die

Liebe gefunden. Das ist mehr, als die meisten Männer von sich behaupten können.« Er nahm ihre Hand und sie lächelte traurig.

Holga stopfte Marlamins alten Wanderstab in die Tasche und überquerte die Straße, um zu Edgin, Simon und Doric zurückzukehren. »Er sieht noch besser aus als in meiner Erinnerung«, sagte sie verdrießlich, um ihre wahren Gefühle zu verbergen. Sie schwang sich in den Sattel. »Wir werden Forge fertigmachen«, verkündete sie feierlich. »Das wird Marlamin und dem Elchsstamm schon zeigen, wie dumm es war, mich zu verstoßen.«

Sie ritten los und Edgin holte die Laute hervor, um eines von Holgas Lieblingsliedern anzustimmen und sie aufzumuntern. Und obwohl sie seine Musik sonst überhaupt nicht schätzte, ging sein Plan auf. Bald stimmte sie ein und sie sangen gemeinsam, während sie sich immer weiter von Langsattel und Marlamin entfernten.

In Niewinter erwarteten Sofina, Blackwood und mehrere Wachen unterdessen die Ankunft eines kleinen Boots, das einen Passagier von einer Fähre an Land bringen sollte.

Die Magierin persönlich hatte den todbringenden Reisenden herzitiert – einen Landsmann aus Thay namens Dralas. Sie wollte, dass er sich um Edgin, Holga und Simon kümmerte. Und zwar endgültig.

Gleich nachdem Dralas das Boot verlassen hatte, führte Sofina ihn in einen isolierten Teil der Stadt, wo sie in der thayanischen Sprache auf ihn einredete. Blackwood und seine Leute folgten ihnen und verstanden kein Wort.

»Sie haben früher mit Forge zusammengearbeitet«, informierte ihn Sofina. »Inzwischen hat sich ihnen eine Tiergestaltlerin angeschlossen.«

»Was kümmert es dich, dass sie Fitzwilliam ausrauben wollen?«, wollte Dralas wissen.

»Mich kümmert jeder, der sich in meine Pläne einmischt«, konterte Sofina trocken.

Dralas nickte. »Ich werde sie finden.«

Eine Weile liefen sie schweigend nebeneinander her. Dann fügte Sofina noch etwas hinzu: »Bevor du gehst … Die Männer hinter uns haben sie entkommen lassen.«

»Verstanden.«

Sofina ging weiter. Dralas zog sein Schwert und drehte sich zu Blackwood und seinen Leuten um. Sie bereiteten ihm keine Schwierigkeiten.

In einer nebligen Mondnacht erreichten Edgin, Holga, Simon und Doric einen Friedhof im Ewigen Moor. Sie saßen ab und Holga betrachtete die Grabsteine. »So viele meiner Sippe haben hier ihr Leben verloren. Ich habe mir immer vorgestellt, irgendwann auf geheiligtem Boden wie diesem begraben zu werden.«

»Ja«, sagte Edgin ungeduldig. »Hat jemand eine Schaufel dabei?«

Holga warf ihm einen vernichtenden Blick zu.

Kurz darauf hatten sie einen Sarg ausgegraben und den Deckel aufgestemmt, der den Blick auf eine verweste Leiche freigab. »Also dann, Simon«, sagte Edgin. »Wie geht es weiter?«

»Ich lese die Beschwörung vom Zeichen des Klerikers vor«, erklärte Simon und wühlte in der Tasche. »Irgendwo hier muss ich es haben ...« Er fand es und hielt es hoch. »Da ist es. Sobald der Tote wiederbelebt wurde, können wir ihm fünf Fragen stellen. Danach stirbt er erneut und kann nie mehr wiederbelebt werden.«

»Wieso ausgerechnet fünf Fragen?«, wollte Doric wissen.

»Keine Ahnung«, gab Simon zu. »So ist es eben.«

»Klingt so willkürlich«, kommentierte Doric.

»Können wir jetzt bitte anfangen?«, drängte Edgin.

Simon hielt das Zeichen fest umklammert, kletterte ins Grab und stellte sich neben den offenen Sarg. Dann las er laut vor: *»Perlamon tergatys.«*

Der Tote bewegte sich nicht.

Simon drehte sich zu seinen Gefährten um. »Vielleicht habe ich es nicht richtig ges…«

Plötzlich schnellte eine Hand aus dem Sarg und griff nach Simon.

KAPITEL 14

Der Tote schnappte keuchend nach Luft und alle fuhren erschrocken zusammen. Simon kreischte auf und kletterte aus dem Grab. Er sah zu Doric. »Ich hatte keine Angst«, behauptete er wenig überzeugend. »Hab mich nur erschrocken.«

»Also dann«, sagte Edgin und beugte sich über die Leiche, um die Sache hinter sich zu bringen. »Bist du in der Schlacht am Ewigen Moor gefallen?«

»Jaaaa«, flüsterte der Mann mit knochentrockener Stimme.

»Wunderbar!«, freute sich Edgin. »Also, für dich natürlich nicht.« Er drehte sich zu Simon um. »Vier Fragen habe ich noch, richtig?«

»Jaaa«, zischte die Leiche.

Alarmiert wirbelte Edgin herum. »Nein! Du warst nicht gemeint.« Er sah zu Simon. »Hat das als Frage gezählt?«

»Jaaa«, erwiderte der Tote.

»Antworte nur, wenn ich dich anspreche, klar?«, sagte Edgin frustriert.

»Jaaa«, flüsterte die Leiche.

»Warum musstest du da am Ende auch ›klar‹ sagen?«, fragte Simon anklagend.

»Habe ich nicht«, keuchte der Tote und fiel um, diesmal für alle Ewigkeit tot.

»Ganz toll«, seufzte Edgin. »Wo ist die Schaufel?«

Etwas später hatten die vier einen weiteren Sarg freigelegt und geöffnet. *»Perlamon tergatys«*, wiederholte Simon. Die Leiche holte tief Luft. Diesmal hatte Edgin sich sorgfältig vorbereitet.

»Toke Horgath«, sprach er den verblichenen Krieger an, »hast du während der Schlacht den Helm der Auftrennung gesehen?«

Der Tote antwortete mit tiefer, rauer Stimme. »Er befand sich im Besitz meines Häuptlings, Stanhard Grimwulf.«

Edgin lächelte aufgeregt. »Aha, sehr gut! Was hat Stanhard Grimwulf damit gemacht?«

Langsam berichtete der Tote von der Schlacht vor hundert Jahren …

Die Barbaren kämpften tapfer gegen die Krieger des Drachenkults. Ein furchterregender Schwarzer Drache namens Rakor flog übers Schlachtfeld und bespuckte sie mit Säure. Toke Horgath und seine Barbarenkameraden waren dem Kult zahlenmäßig überlegen, aber gegen Rakor konnten sie nichts ausrichten. Tokes Kommandant Stanhard Grimwulf drückte ihm den Helm der Auftrennung in die Hand und trug ihm auf, wegzulaufen und ihn um jeden Preis in Sicherheit zu bringen. Aber kaum hatte er den Helm entgegengenommen, wurde Toke von einem berittenen Gegner in zwei Hälften geteilt.

»Das ist das Letzte, woran ich mich erinnere«, keuchte der wiederbelebte Toke.

Edgin hob den Sargdeckel an. In der Tat fehlte dem Krieger die untere Hälfte. »Ah«, machte er. »Nun, danke für deine Hilfe.« Er kletterte aus dem Loch. »Lasst uns Stanhard Grimwulfs Grab suchen.«

»Warte mal kurz«, protestierte Simon. »Willst du ihm nicht die verbliebenen drei Fragen stellen?«

»Was soll ich denn fragen?«, wollte Edgin wissen. »Er hat uns doch schon alles gesagt, was er über den Helm weiß.«

»Du kannst ihn doch nicht einfach so zurücklassen«, meinte Simon und zeigte auf Toke. »Sieh dir den armen Tropf doch an.«

Die Leiche blickte traurig zu ihnen hoch.

»Meinetwegen«, gab Edgin nach. »Was ist dein Lieblingsessen?«

»Hafer«, keuchte Toke. »Nein, Gerste.«

»Puh«, seufzte Edgin und überlegte, was er noch fragen konnte. »Magst du … Katzen?«

»Nicht wirklich«, flüsterte Toke.

»Hm«, machte Edgin nachdenklich. »Wie viel ergibt zwei plus zwei?«

»Mathe ist nicht so meine Stärke«, gab Toke zu, ehe er ein zweites Mal ins Reich der Toten zurückkehrte, wo ihn weder Zahlen noch neugierige Abenteurer stören würden.

»Fühlst du dich jetzt nicht gleich besser?«, wollte Simon von Edgin wissen.

»Nein.«

Innerhalb weniger Minuten sprach Edgin mit der wiedererweckten Leiche von Stanhard Grimwulf, der die Momente nach Toke Horgaths Ableben beschrieb …

Stanhard hob den Helm auf und befahl seinen Leuten den Rückzug. Er vertraute den Helm seinem schnellsten Reiter an, Ven Salafin. Kaum hatte er das kostbare Stück aus der Hand gegeben, wurde er von Rakors Säureatem niedergestreckt.

Sie machten sich auf die Suche nach Salafins Grabstein.

KAPITEL 15

Schon wieder beugte sich Edgin über einen wiederbelebten Krieger in einem Sarg. Dieser Körper wies weitaus weniger Kampfnarben auf als die seiner Vorgänger. »Also, Salafin«, sagte Edgin, »was ist das Letzte, woran du dich erinnerst?«

Salafin sprach mit hohler Stimme, als wäre er meilenweit entfernt. »Es war der Morgen vor der Schlacht. Ich stieg aus der Wanne und rutschte auf den nassen Steinen aus.«

Edgin sah verwirrt aus. Was hatte das Bad dieses Barbaren mit der Schlacht gegen den Drachenkult zu tun? »Und dann bist du in die Schlacht gezogen?«, hakte er nach.

»Nein«, erwiderte Salafin mit der matten Stimme einer Leiche. »Ich bin gestorben. An dem Sturz.«

»Aber Stanhard hat gesagt, er hat Ven Salafin den Helm während der Schlacht gegeben«, protestierte Edgin. »Bist du das nicht?«

»Ich bin *Sven* Salafin«, stellte der tote Barbar klar. »Ven ist mein Bruder.«

Edgin sah kopfschüttelnd zu Simon, Holga und Doric. »Was für ein Albtraum.«

»Geht es Ven gut?«, wollte Sven wissen.

Vom vielen Graben müde stand Edgin neben dem wiederbelebten Körper von Ven Salafin und lauschte seinem Bericht. Er hoffte inständig, endlich ein paar nützliche Informationen über den Verbleib des Helms der Trennung zu erhalten.

»Ich war verwundet und hatte mein Pferd verloren, aber ich musste unbedingt fliehen«, erzählte Ven mit knarzender Stimme. »Also bin ich gekrochen. Mein eigenes Leben kümmerte mich nicht. Ich wusste nur, ich muss den Helm in Sicherheit bringen. Aber dann bin ich zusammengebrochen. Ich weiß nicht, wie lange ich dalag, aber erinnere mich, dass ich irgendwann die Silhouette einer Gestalt über mir erblickte.«

Ven holte Luft und erzählte weiter: »An seinen Tätowierungen konnte ich erkennen, dass der Mann aus Thay stammte. Ich wartete darauf, dass er mir den Gnadenstoß versetzt, aber er tat es nicht. Stattdessen begutachtete er meine Wunden. Er war irgendwie anders. Freundlich. Er sagte mir seinen Namen – Xenk Yendar. Er war aus Thay geflohen und lebte im Exil.«

Edgin runzelte ungläubig die Stirn. Vens Bericht passte ganz und gar nicht zu seinem Wissen über die Thayaner.

»Während ich starb«, schloss der Krieger, »versprach er mir, den Helm in Sicherheit zu bringen. Und aus irgendeinem Grund glaubte ich ihm.«

Edgin spürte Zorn in sich aufsteigen. »Soll das ein Witz sein? Ein freundlicher Thayaner?«

»Ich sage die Wahrheit«, erwiderte Ven schlicht.

»Nein«, hielt Edgin dagegen. »Das glaube ich nicht. Der Thayaner hat gelogen und du bist für nichts und wieder nichts gestorben.« Er wandte sich von der Leiche ab. »Der Helm ist eine Sackgasse«, informierte er Simon, Holga und Doric. »Wir müssen den Tresor irgendwie anders knacken.«

Doric schüttelte den Kopf. »Nein. Ich habe von Xenk gehört. Er ist ein Paladin, ein mächtiger Kämpfer und Heiler, der Magie beherrscht und geschworen hat, die Gerechtigkeit zu wahren. Er hat der Smaragdenklave geholfen, die Kleriker von Talos zu besiegen, der Sturmgottheit.«

»Ich kenne den Namen auch«, bestätigte Simon. »Mein Onkel hat mir erzählt, dass Xenk einmal einen Betrachter mit nichts als einem angespitzten Kürbis bezwungen hat.«

»Einem angespitzten Kürbis?«, hakte Edgin zweifelnd nach.

»Mit irgendetwas Spitzem«, schränkte Simon ein.

Edgin ließ sich nicht beirren. »Die Thayaner sind allesamt Mörder. Mehr gibt's dazu nicht zu sagen.« Holga schien etwas sagen zu wollen, aber zögerte noch. »Was?«, drängte er.

»Ich habe auch von ihm gehört«, sagte sie. »Mein Cousin hat

in der Anauroch-Wüste an seiner Seite gekämpft. Er meinte, Xenk ist ein guter Kerl.«

Edgin kletterte aus dem Grab. »Nun, dann könnt ihr euch ja gern auf die Suche nach eurem geliebten Xenk machen und euch gegenseitig die Haare flechten. Ich finde einen anderen Weg.« Er stürmte davon. Holga folgte ihm.

»Was hat er für ein Problem?«, fragte Doric.

»Er hat schlechte Erfahrungen mit den Thayanern gemacht«, erklärte Simon.

Holga holte Edgin ein. »Ed! Ich weiß, wie du dich fühlst. Aber uns läuft die Zeit davon.«

Er wirbelte zu ihr herum. »Ich würde Zia verraten.«

»Du würdest es tun, um sie zu retten. Und Kira«, erinnerte ihn Holga. »Hör zu, wenn Xenk sich wirklich als Bösewicht entpuppen sollte, mach ich Hackfleisch aus ihm.«

Edgins wütende Miene entspannte sich ein wenig. »Das ist nett von dir.«

»Was haben wir zu verlieren?«

Edgin seufzte. Jede Faser seines Körpers sträubte sich gegen den Gedanken, einem Thayaner zu vertrauen. Aber er wusste, Holga hatte recht. Eigentlich hatte er sich längst entschieden. Gemeinsam mit der Barbarin kehrte er zu Simon und Doric zurück. »Weiß jemand, wo sich dieser Blödmann aufhält?«

»Soweit ich weiß, hat er zuletzt mit den Harfnern in Mornbryns Schild zusammengearbeitet.« Mornbryns Schild war eine

Siedlung im Süden, die sich an ein nicht allzu weit entferntes Flussufer schmiegte.

Die zusätzliche Information passte Edgin überhaupt nicht. »Wunderbar«, grollte er sarkastisch. »Harfner.«

»Was hat er für ein Problem mit den Harfnern?«, fragte Doric leise.

»Mit denen hat er auch schlechte Erfahrungen gemacht«, erklärte Simon.

Sie wollten gerade gehen, als Ven sie mit krächzender Stimme ansprach. »Entschuldigung? Ich bin auch noch da.«

»Ach, richtig«, sagte Edgin und drehte sich um. »Ähm … welches ist dein Lieblingsbuch?«

»Uff, das ist schwierig«, krächzte Ven. »Was historische Werke anbelangt, würde ich sagen …«

Ohne eine Antwort abzuwarten, wandte Edgin sich ab. »Das war die fünfte Frage, oder?« Simon nickte.

Während sie davonritten, zählte Ven seine Lieblingsbücher auf: »… *Der Fangzahn-Foliant von Lykanthus Szar* oder vielleicht *Galadasters Orizon* …«

KAPITEL 16

Sie verließen das Ewige Moor Richtung Süden und durchquerten das Dessarintal entlang eines Flusses mit schäumenden Stromschnellen. Am Ufer entdeckten sie ein paar Männer, die sich abmühten, einen riesigen Fisch aus dem Wasser zu ziehen, der sich in einem Netz verfangen hatte. Eine verzweifelte Tabaxi-Mutter stand neben ihnen und trieb sie panisch zur Eile an.

Ein auffallend muskulöser Mann mit Rüstung näherte sich der Gruppe. Als die Leute ihn bemerkten, machten sie ihm Platz. Ganz allein holte der Mann den zappelnden Fisch aus dem Fluss, beugte sich über ihn und redete leise auf ihn ein. Sofort entspannte sich der schuppige Körper und der Fisch öffnete das Maul. Der Mann griff hinein, holte ein weinendes Baby heraus und übergab es der erleichterten Mutter. Er ließ die Gruppe allein, und unterwegs nach Mornbryns Schild klopften ihm die Dörfler dankbar und anerkennend auf die Schulter.

Dieser Mann war Xenk Yendar.

»Interessanter Kerl«, befand Doric.

Simon war sofort eifersüchtig. »Ich kenne interessantere.«

»Ed, geh und rede mit ihm«, forderte ihn Holga auf und ruckte das Kinn in Richtung des Paladins.

Edgin furchte die Stirn. »Rede du doch mit ihm.« Er war nach wie vor nicht begeistert von dem Gedanken, einen Thayaner um Hilfe zu bitten.

Holga trieb ihr Pferd an und folgte dem Mann. »Du da!«, rief sie ihm hinterher. »Du bist Xenk, oder?«

Er drehte sich um und musterte Holga mit durchdringendem, konzentriertem Blick. »Das ist eine Frage, die ich lieber erst beantworte, wenn ich weiß, mit dem ich es zu tun habe«, gab er zurück und wandte sich ab, um seinen Weg ins Zentrum fortzusetzen.

Die vier Reiter folgten ihm. Die Dorfbewohner schienen Xenk regelrecht zu vergöttern. Respektvoll senkten sie die Häupter, wenn er vorbeiritt. Holga schloss zu ihm auf.

»Ich heiße Holga Kilgore«, stellte sie sich vor und zeigte auf ihre drei Begleiter. »Das sind Edgin, Doric und Simon.«

»Und was führt euch nach Mornbryns Schild?«, wollte Xenk wissen.

»Du«, erwiderte Holga schlicht. »Wir sind auf der Suche nach dem Trennungshelm …«

»Helm der Auftrennung«, korrigierte Simon.

Xenk starrte sie erschüttert an. »Die Verteidigung dieses Helms hat viele Leben gekostet. Davon zu sprechen würde dieses Opfer abwerten.«

Edgin rollte mit den Augen und schnaubte ungeduldig. »Erspare uns dein erhabenes Geschwätz.«

Sie kamen an einem Drachengeborenen-Bettler vorbei, der eine Schale hochhielt und die fünf Passanten musterte. Sein Blick war möglicherweise flehend, aber der Gesichtsausdruck war inmitten all der Schuppen schwer auszumachen. Xenk legte eine Münze in die Schale.

»Janklee!«, murmelte der Bettler dankbar. Das Wort bedeutete »Segen« in der Sprache des armen Mannes.

»Janklee auch dir, guter Mann«, erwiderte Xenk höflich.

In der Hoffnung, den richtigen respektvollen Ton zu treffen, meldete sich Simon zu Wort: »Du bist weithin als Mann von Ehre und Integrität bekannt«, sagte er, »und ich versichere dir, unsere Absichten mit dem Helm sind absolut ehrbar.«

»Genau«, warf Holga ein. »Wir wollen nämlich jemanden beklauen.« Sie hielt nichts von blumigen Worten und kam lieber direkt zum Punkt.

»Holga«, schalt Simon und wandte sich dann wieder zu Xenk um. »Nicht irgendjemanden. Forge Fitzwilliam. Und die Rote Magierin, die mit ihm unter einer Decke steckt.«

Bei der Erwähnung der Roten Magierin hielt Xenk abrupt an. Er dachte einen Moment nach und sagte dann: »Kommt mit.«

Der Paladin führte sie in einen kleinen Laden namens *Caldreths Einweckwaren, Nüsse und Delikatessen*. Als sie an den Regalen voller Snacks und Lebensmittel vorbeigingen, murmelte Edgin: »Was wird das, der Wocheneinkauf?«

Aber Xenk hatte nicht vor einzukaufen. Er lief eine Treppe hinunter und die anderen folgten ihm – die Frauen neugierig, Edgin genervt und Simon ängstlich. Unten angekommen fanden sie sich in einer düsteren Kammer mit niedriger Decke wieder. An den Steinwänden hingen Harfnerinsignien und -waffen.

»Wo sind wir?«, fragte Holga und musterte die Äxte und Schwerter. Sie schienen fein gearbeitet zu sein, allerdings auch alt und abgenutzt.

»In einem Harfner-Heiligtum«, erklärte Xenk und nickte Edgin zu. »Aber euer Freund weiß das bestimmt längst.«

Edgin sah ihn verwirrt an. »Woher weißt du, dass ich Harfner war?«

»Du magst deinem Eid abgeschworen haben«, erwiderte Xenk mit funkelnden Augen, »aber dein Eid nicht dir.«

»Du weißt schon, dass ein Satz nicht unbedingt Sinn ergibt, bloß, weil er schön symmetrisch ist, oder?«, stichelte Edgin.

Xenk widmete sich wieder dem ursprünglichen Thema. »Warum wollt ihr Fitzwilliam ausrauben?«

Simon machte einen Schritt nach vorn. »Er hat Edgin die Tochter und uns eine Menge Geld gestohlen. Außerdem besitzt er eine Tafel der Wiedererweckung …«

Edgin schnitt ihm das Wort ab. »So genau muss er das nicht wissen!«

»Mit anderen Worten«, fasste Holga zusammen, »Forge ist ein richtiger Drecksack.«

Xenk dachte nach. »Wenn Fitzwilliam sich wirklich mit einer Roten Magierin zusammengetan hat, müssen seine Absichten über reine Politik hinausgehen.« Er nahm ein in Leder gebundenes Buch vom Regal und blätterte zu einer Seite, die eine bunte Illustration eines Zauberers zeigte, der vor einer Menge stand. »Vor über einem Jahrhundert war der Nekromant Szass Tam einer von acht Zulkiren, die über die Nation der Thayaner herrschten.«

»Oh toll, eine Geschichtsstunde«, knurrte Edgin.

Unbeeindruckt fuhr Xenk fort: »Aber Tams Machthunger war grenzenlos. Er lud seine Mitherrschenden und alle Bewohner der Hauptstadt zu einem Fest ein.« Xenk blätterte um. Das nächste Bild zeigte den Magier, der ein glühendes rotes Horn in die Luft hob, das rote Strahlen aus dem Himmel zu ziehen schien. »Die Einladung war eine Falle. Kaum hatten sich die Feiernden versammelt, wirkte Tam *Todesruf*, einen Zauber, so entsetzlich, dass er die Seelen all jener verschlang, die ihm ausgesetzt waren.«

Wieder blätterte er um; diesmal war der Nekromant auf dem Bild von Sterbenden umgeben.

»Echt miese Party«, kommentierte Edgin.

Xenk ignorierte ihn. Für Humor hatte er nicht viel übrig. »Tam machte aus den Bewohnern eine Legion der Untoten«, fuhr er fort, »und eroberte damit das gesamte Land. Szass' Macht ist enorm. Momentan reicht sie nur bis an die Grenzen von Thay aber ich vermute, dass er und seine Roten Magier nicht ruhen werden, bis sie ganz Faerûn mit ihrer Verderbtheit angesteckt haben.«

KAPITEL 17

Holga, Doric und Simon schwiegen betroffen. Edgin hingegen zeigte sich unbeeindruckt von Xenks Geschichte. »War's das? Dass Rote Magier böse sind, wussten wir nämlich schon.«

»Und Forge weiß das auch«, stimmte Xenk zu. »Bleibt die Frage: Warum haben sie ihm geholfen, an die Macht zu kommen? Was versprechen sie sich davon?«

Doric nickte. »Klingt, als hätten wir einen gemeinsamen Gegner. Wenn du uns den Helm gibst, erledigen wir Forge. Ohne das passende Vermögen bleibt niemand lange Lord.«

»Und die Roten Magier verlieren ihre Marionette«, ergänzte Simon, eifrig, Doric zuzustimmen.

Xenk musterte sie mit diesem ruhigen, ernsthaften Blick. »Was habt ihr mit der Beute vor?«

Sofort wurde Edgin wütend. Dieser Paladin hatte kein Recht, darüber zu urteilen, was sie mit dem Diebesgut anstellen würden. »Was kümmert's dich?«

»Ich werde mich nicht des unrechtmäßigen Einsatzes widerrechtlich erworbener Beute schuldig machen«, stellte Xenk klar.

Edgin warf Holga und Simon einen prüfenden Blick zu. Was sollte er ihrer Meinung nach darauf erwidern? Ihrem Gesichtsausdruck nach zu urteilen, waren sie sich einig – *Sag ihm, was immer er hören will.* »Na gut«, gab Edgin nach. »Wir … teilen die Schätze unter den Einwohnern auf.«

Aber so leicht ließ sich Xenk nicht überzeugen. »Schwöre es.«

»Was?«, hakte Edgin überrascht nach.

Xenk klappte das Harfnerbuch zu und hielt es dem Mann hin. »Lege die Hand auf dieses Harfnersiegel und schwöre, dass du wirklich alle Schätze an die Einwohner von Niewinter verteilst.«

»Klar«, meinte Edgin. »Meinetwegen.«

Zuerst grinste er noch, so als würde ihm diese kleine Zeremonie nichts bedeuten – als wäre sie nur eine leere Geste. Doch als er die Hand zum Harfnersiegel führte, zögerte er kurz. Plötzlich fühlte er sich schuldig.

»Mach schon, Ed«, drängte Simon und zwinkerte ihm wenig unauffällig zu. »Versprich, dass du Forges Geld an die Leute verteilst.«

Edgin schluckte schwer. Er fühlte sich entblößt, so als könne Xenk ihm direkt in die Seele blicken. »Ich verspreche«, sagte er zögerlich, »Forges Geld den Leuten von Niewinter zu geben.«

Xenk gab ihm das Buch. »Behalte es«, sagte er. »Im Moment magst du deinen eigenen Worten keinen Glauben schenken. Aber ich tue es.«

»Schön für dich«, knurrte Edgin und versuchte möglichst unbeeindruckt und beiläufig zu klingen. Dann drückte er Simon das Buch in die Hand. »Hier, nimm du es.« Der Zauberer steckte es in seinen Nimmervollen Beutel. »Also dann …«, sagte Edgin zu Xenk, »wo ist der Helm?«

»In den Eingeweiden des Underdarks«, antwortete er.

»Im Underdark?«, wiederholte Doric verdattert. Sie konnte kaum glauben, dass Xenk ein so kostbares Objekt an einem derart schrecklichen Ort versteckt hatte.

»Ich dachte, du hättest ihn in Sicherheit gebracht«, sagte Edgin. »Warum hast du ihn ausgerechnet dort hingebracht?«

»Weil es der letzte Ort ist, den irgendjemand aufsuchen würde, dem sein Leben lieb ist«, gab Xenk schlicht zurück.

»Klingt reizend«, kommentierte Simon und erschauderte.

»Im Gegenteil«, stellte Xenk klar.

»Äh, ja … schon klar«, sagte Simon, der kaum fassen konnte, dass er seinen Scherz erklären musste. »Das war Ironie.«

Ein kaum wahrnehmbares Stirnrunzeln huschte über Xenks sonst so stoisches Gesicht. »Ich finde, Ironie ist eine Klinge, die vor allem den schneidet, der sie einsetzt.«

»Ach ja? Findest du das, Xenk?«, warf Edgin entnervt ein. Er hatte wirklich keine Lust auf eine weitere Lektion des Paladins.

»Östlich der Schwertberge im Gruftgartenwald befindet sich ein Eingang, von dem aus wir in die Ruinen von Dolblunde hinabsteigen können«, informierte Xenk die Gruppe. Dann wandte er sich ohne ein weiteres Wort ab und ging die Treppe hinauf. Holga, Doric, Simon und Edgin starrten ihm schweigend hinterher. Edgin regte sich als Erster. »Ich schätze, wir sollen ihm folgen.«

Hoch zu Ross führte Xenk die Truppe durchs Dessarintal in den Gruftgartenwald. Während sie sich den Weg durch das Labyrinth aus Bäumen bahnten, drehte sich Xenk zu Edgin um. »Darf ich dich fragen, was dich dazu bewegt hat, den Harfnern abzuschwören?«

Die Frage überraschte Edgin und weckte in ihm eine neuerliche Erinnerung an Zia. Sie lächelte ihn an. Sie waren so glücklich gewesen.

Er kehrte in die Gegenwart zurück. »Meine Frau wurde umgebracht, weil ich Harfner war.«

»Das tut mir leid«, sagte Xenk. »Sind ihre Angreifer zur Rechenschaft gezogen worden?«

»Du meinst ihre *thayanischen* Angreifer?«, hakte Edgin spitz nach. »Nein.«

Eine Weile ritten sie schweigend nebeneinander her. Dann meldete sich Xenk erneut zu Wort: »Nicht alle Thayaner sind bösartig. Sie hatten lediglich das Pech, in Thay geboren zu werden.« Er unterbrach sich, als müsse er abwägen, ob er die folgende Information wirklich preisgeben wollte. »Ich war noch ein Junge, als Szass Tam die Macht ergriffen hat. Kaum war es geschehen, verfügte er, dass fortan sämtliche Bürger verpflichtet sind, ihre Sterblichkeit abzulegen und ihm als untote Jünger zu dienen. Alle, die sich widersetzten, werden umgebracht. Ich sagte meinen Eltern, ich würde lieber mit intakter Seele sterben, als ohne weiterzuleben. Blind vor Angst versuchten sie mich zum Ritual zu drängen, aber ich entkam.« Er berührte die thayanischen Markierungen auf seinem Gesicht. »Wir haben beide einen Teil von uns selbst verloren. Das Einzige, was jetzt noch zählt, ist, was wir mit dem anstellen, das uns geblieben ist.«

»Ich habe dir bereits gesagt, was ich vorhabe«, erinnerte ihn Edgin. »Ich werde in Burg Nie einbrechen und mir meine Familie zurückholen.«

»Mit der Tafel, richtig?«, hakte Xenk nach. »Du willst deine Frau wiederbeleben.«

Edgin nickte.

»Schön und gut«, meinte Xenk. »Nur bitte ich dich, in Betracht zu ziehen, dass diese Ebene, die wir als das Leben bezeichnen, nur eine von vielen ist.«

»Mhm«, grunzte Edgin. »Zur Kenntnis genommen.«

»Und keine Ebene ist mehr oder weniger wichtig als die unsrige«, ergänzte der Paladin. »Deine geliebte Frau in ihr altes

Leben zurückzuzwingen, bedeutet im Umkehrschluss, sie ihres neuen zu berauben.«

Edgin drehte sich zu den anderen um. »Kann jemand von euch neben ihm reiten?«

Von Weitem beobachtete jemand die fünf Reiter durch ein Fernglas …

KAPITEL 18

Dralas, der Thayaner, der von Sofina mit der Eliminierung von Edgin und seiner Truppe beauftragt worden war, ließ das Fernglas sinken. Er und fünf weitere thayanische Assassinen beobachteten sie von einer Klippe aus. Schweigend klappte er das Fernglas zusammen und verstaute es in einem Beutel. Dann gab er den anderen das Zeichen für den Abstieg.

Weiter unten hielt Xenk inmitten der Bäume des Gruftgartenwalds sein Pferd an und stieg ab. »Wir sind an der Öffnung angelangt«, verkündete er.

»Der Öffnung?«, wiederholte Edgin und zog eine Grimasse. Das Wort war eine eigenartige Bezeichnung für ein Portal und klang irgendwie unschön.

Xenk band ein schmales Seil an einen Ast und betrat mit dem anderen Ende in der Hand eine kleine Lichtung. »Das Underdark hat viele Eingänge«, sagte er. »Dieser hier ist einer der unauffälligeren.« Das Seil immer noch im Griff ließ er sich rückwärts fallen. Der Boden gab unter ihm nach und Blätter und Tannennadeln wurden aufgewirbelt, als sich ein etwa zweieinhalb Meter breites Loch auftat. Es war tief – so tief, dass in ihm nichts als gähnende Finsternis zu sehen war. Xenk kletterte hinab.

Edgin, Holga, Doric und Simon lugten in die schwarze Grube. »Ich gehe als Letzter«, verkündete Simon.

Sie seilten sich nacheinander ab und kamen am Boden einer kalten, spärlich beleuchteten Höhle heraus. Das Underdark trug seinen mysteriösen Namen nicht umsonst.

»Die Ruinen von Dolblunde sind einen Tagesmarsch von hier entfernt«, erklärte Xenk. »Ich habe für uns einen Weg ausgesucht, auf dem wir den wenigsten Einwohnern begegnen werden.«

»Hier unten leben Leute?«, hakte Edgin ungläubig nach. »Wirkt nicht gerade anheimelnd.«

»Keine … Leute«, schränkte Xenk ein. »Bleibt nah beieinander und seid möglichst leise. Was immer ihr über diesen Ort zu wissen glaubt, ist nur ein Bruchteil der Gefahren, die hier lauern.« Er ging los. »Wenn es zu dunkel wird, könnt ihr meine Hand nehmen. Dann führe ich euch.«

Sie folgten dem Paladin in die triste Finsternis. Edgin drehte sich zu Holga um. »Eins sag ich dir, ich werde *nicht* seine Hand nehmen.« Die Barbarin lächelte.

»Welch einsamer Ort«, sagte Doric versonnen, während sie durch einen langen, dunklen Tunnel liefen.

»Ja«, stimmte Simon zu. »Ich passe echt gut hier hin.« Er lachte traurig über seinen Witz.

»Bist du es nie leid?«, fragte Doric und sah ihn mitfühlend an.

»Was meinst du?«

»Dich selbst runterzumachen.«

»Lieber ich als andere«, konterte Simon.

»Dir ist sehr wichtig, was andere von dir denken, oder?«, ergänzte sie.

»Schätze schon«, gab er zu. »Denkst du deswegen schlecht von mir?«

Weiter vorn unterhielt sich Edgin leise mit Holga. »Bleib wachsam«, sagte er und nickte in Xenks Richtung. »Ich vertrau dem Kerl nicht.«

»Obwohl er uns hilft?«, wollte Holga wissen.

»Er führt irgendetwas im Schilde«, beharrte Edgin.

»Ich bevorzuge das Kämpfen ohne Schild«, mischte sich Xenk ein, der bestimmt zwanzig Schritte vor ihnen lief.

Edgins Flüstern wurde noch leiser. »Wie konnte er das hören?«, fragte er Holga.

»Das habe ich auch gehört«, stellte Xenk klar.

»Ich hasse dich«, wisperte Edgin kaum hörbar.

Xenk lächelte schweigend.

Nach einer langen Wanderung durchs Underdark erreichten die fünf Reisenden eine Klippe, die eine gute Aussicht auf eine unterirdische, eigenartig lila schimmernde Metropole in der Ferne bot. Zerfallene Gebäude waren einst ins Felsgestein gehauen worden und standen offenbar seit Jahren leer. Die eingestürzten Reste wiesen keinerlei Anzeichen von Leben auf.

»Dieser Weg führt zur Ruine«, sagte Xenk und betrat einen schmalen Vorsprung, der weiter nach unten führte. Plötzlich hob er die Hand. »Stopp«, warnte er.

Mehrere Kreaturen, die wie menschliche Gehirne aussahen, krochen aus den Felsen.

»Intellektverschlinger«, flüsterte Xenk. »Klein, aber gefährlich. Sie betäuben ihre Opfer, fressen ihr Hirn und übernehmen so die Kontrolle über den Körper.«

»Was sollen wir tun?«, fragte Simon angstvoll und starrte die ekelhaften Viecher an.

»Bleibt völlig still«, antwortete Xenk. »Sie werden von geistiger Energie angezogen. Je höher die Intelligenz der Beute, desto eher greifen sie an.«

Edgin, Holga, Doric und Simon schmiegten sich ans Gestein und hielten den Atem an. Die Monster näherten sich, schnupperten kurz … und liefen geradewegs an ihnen vorbei.

»Das war jetzt schon ein wenig beleidigend«, kommentierte Edgin.

Sie folgten dem Pfad, bis sie den Boden einer tiefen Schlucht erreichten. Ein Lavastrom floss durch die zerklüftete Erdspalte, überspannt von einer uralten Brücke, die direkt in die Ruinen führte. Xenk zeigte aufs gegenüberliegende Ufer. »Das ist sie«, sagte er. »Die Hängende Stadt Dolblunde. Aber ehe wir auf die andere Seite können, seid gewarnt: Die Brücke beherbergt eine antike gnomische Falle. Wir müssen genauestens eine bestimmte Formel befolgen, um den Mechanismus nicht auszulösen.«

»Wie lautet die Formel?«, wollte Simon wissen und beäugte nervös die Brücke. Sie befanden sich auf einer steinernen Straße, einige Schritte von der Querung entfernt.

»Sie ist ganz einfach«, antwortete Xenk. Er zeigte auf die Blöcke, aus denen die Brücke bestand. »Von der Kante aus gesehen betreten wir jeweils vier Schritte weit nur die ungeraden Bodenplatten, dann machen wir einen Schritt zur Seite und laufen wieder auf den ungeraden vorwärts. Sobald wir in der Mitte angekommen sind, ändert sich das Prinzip und wir wechseln zu den geraden Blöcken, allerdings müssen wir dann alle drei Schritte einen seitwärts machen, bis …«

RRRRRUMMS! Mit einem ohrenbetäubenden Krachen stürzte die gesamte Brücke in sich zusammen und bröckelte in den Lavafluss.

Simon machte eine betretene Miene. »Ich … ich habe meinen Beutel abgelegt. Ich wusste nicht, dass die Brücke dort anfängt.

Tut mir echt leid.« Er hob das Corpus Delicti hoch. »Die gute Nachricht ist, dem Beutel ist nichts passiert.«

Doric schüttelte den Kopf.

KAPITEL 19

Sie starrten die massigen Steinblöcke an, die langsam mit der kochenden Lava verschmolzen. Rote Luftblasen stiegen auf, zerplatzten und bildeten züngelnde Flammen.

»Ich trage nicht die ganze Schuld«, verteidigte Simon die versehentliche Zerstörung ihres einzigen Wegs über den brodelnden Fluss. »Die alten Gnome hätten klarer definieren müssen, wo die Straße aufhört und die Brücke anfängt.«

Holga versuchte die Entfernung von Ufer zu Ufer abzuschätzen und befand, dass sie viel zu groß war, um sie mit einem Sprung zu überqueren. »Kannst du uns mit Magie rüberbringen?«, fragte sie Simon.

Er schüttelte traurig den Kopf. »Es ist zu weit für Telekinese«, erklärte er und dachte an den Zauber, mit dem man Objekte magisch in der Luft schweben lassen konnte. »Kannst du dich nicht in einen Greif oder so etwas verwandeln und uns auf die andere Seite bringen?«, fragte er Doric.

»Die größte flugfähige Kreatur, in die ich mich verwandeln kann, ist ein Adler«, erwiderte sie. Ein gewöhnlicher Adler war viel zu klein, um einen ausgewachsenen Menschen oder Halbelfen auf dem Rücken zu tragen. Sie steckten fest, obwohl ihr Ziel zum Greifen nahe war.

»Ich habe ein Seil dabei«, sagte Holga mit hörbarer Ungeduld in der Stimme. Sie schüttete den Inhalt ihrer Tasche aus und fischte ein langes Seil heraus. »Ich binde es an mein Schwert und werfe es mit genug Schwung nach drüben, damit es im Felsen stecken bleibt.«

Edgin beäugte sie zweifelnd. »Du weißt schon, wie hart diese Felsen sind, oder?« Sie verpasste ihm einen Klaps auf den Arm. »Au!«, jammerte er und rieb sich die malträtierte Stelle.

Unter den Gegenständen, die Holga auf dem Boden verteilt hatte, entdeckte Simon einen rötlich braunen Holzstab mit geschnitztem Stiel – den Wanderstab, den Marlamin ihr beim Besuch in seiner Hütte zurückgegeben hatte. »Wo hast du den her?«, fragte der Zauberer verblüfft und zeigte auf den Stab.

Holga folgte seinem Finger. »Marlamins Wanderstab? Den habe ich einem Magier in den Graugipfelbergen abgenommen. Der wäre bestimmt hilfreich, um die Brücke zu überqueren … wenn es noch eine gäbe! Aber die ist jetzt futsch, und zwar dank dir!«

Simon schnaubte belustigt. »Das ist kein Wanderstab, sondern ein Hüben-Drüben-Stab!«

»Ein was?«, fragte Holga verblüfft.

Er beugte sich vor, hob den Stab auf und drehte ihn in der Hand. »Der sollte eine Reichweite von gut vierhundertfünfzig Metern haben – mehr als genug, um den Fluss zu überqueren. Seht her: *Hüben …*« Er berührte ein Juwel in der Nähe des Griffs und zielte auf einen Punkt in der Nähe. *FFFUUMM!* Ein hohes schimmerndes Oval erschien in der Luft. Simon zielte auf die andere Flussseite und berührte das Juwel erneut. *»Drüben.«* *FFFUUMM!* Ein zweites glühendes Oval tat sich am gegenüberliegenden Ufer auf und verband sich mit seinem Gegenstück.

»Es funktioniert!«, rief er glücklich. »Kommt!« Er betrat die schimmernde Röhre, die nun über den Feuerfluss führte. »Seht ihr? Die Brücke war gar nicht nötig!«

Die anderen folgten ihm durch den Hüben-Drüben-Tunnel. Auf der anderen Seite angekommen, erklommen sie einen steinigen Pfad, der an der Schluchtwand hinaufführte, an deren Ende die Ruinenstadt Dolblunde begann. Wie Xenk angekündigt hatte, handelte es sich um eine hängende Stadt. Sie ruhte auf riesigen Plattformen, die von der Höhlendecke hingen. Vor Jahrhunderten war Dolblunde von Gnomen erbaut und irgendwann verlassen worden. Heute hausten hier nur noch die Kreaturen des Unterreichs.

Unterwegs durch die bröckelnden Überreste der Stadt passierten sie Dutzende überlebensgroße Gnom-Statuen, die vielleicht einstmals Feinden hatten vorgaukeln sollen, die Stadt sei von riesigen Wesen bevölkert.

Xenk machte vor einer Statue Halt und berührte zuerst ihren Bauch, dann die Hand und die Nase. Es sah aus, als folge er irgendeinem geheimen Muster. Edgin sah augenrollend zu Holga. Er vermutete, der Paladin wollte nur Zeit schinden. Wahrscheinlich war ihm nur entfallen, wo er den Helm versteckt hatte.

Doch dann ... *KLINK*. Ein Mechanismus klickte und eine Steinplatte setzte sich in Bewegung, hinter der ein verborgenes Fach zum Vorschein kam. Drinnen lag ein antiker goldener Helm: der Helm der Auftrennung. Xenk griff hinein und holte das kostbare Stück hervor. »Ich übergebe euch nun diesen Helm«, sagte er feierlich, »und vertraue darauf, dass ihr ihn mit eurem Leben beschützen werdet.«

»Klar doch«, meinte Edgin leichthin und nahm ihm das Rüstungsteil ab, um es direkt Simon hinzuhalten. »Nimm du ihn.« Der Zauberer steckte ihn in den Nimmervollen Beutel und sie wandten sich zur Rückkehr.

»Das war ja leicht«, freute sich Simon.

Kaum waren seine Worte verklungen, hielt Xenk abrupt an und hielt die Nase in die Luft. »Ich spüre etwas Böses in der Nähe.«

Aus den Schatten traten Dralas und seine fünf Assassinen. Sofort erkannte Edgin ihre Markierungen.

»Sind das ...?«, fragte Holga.

»Thayanische Assassinen«, bestätigte Edgin. Ihre Hände wanderten zu den Waffen.

Dralas sprach Xenk in der thayanischen Mundart an. »Du bist alt geworden, Yendar«, stellte er fest. »Muss an dem fauligen Sterblichen-Blut liegen.«

Xenk antwortete in derselben Sprache. »Du hingegen bist immer noch genauso abscheulich wie bei unserer letzten Begegnung, Dralas.«

Der Assassine zog sein langes, schwarzes Schwert. »Zum Glück bin ich hier, um dafür zu sorgen, dass es unsere letzte Begegnung wird.«

Xenk drehte sich zu Edgin, Holga, Simon und Doric um. »Überlasst sie mir.«

Der Paladin zog die Klinge, stürzte sich auf die Gegner und brüllte: *»Cothin al napeai!«* Augenblicklich fing seine Waffe an, in einem grellweißen Licht zu glühen. Mit Sprüngen und eleganten Drehungen kämpfte er gegen alle sechs Thay auf einmal, als wäre er überall gleichzeitig. Jeder ihrer Hiebe wurde flink und mit Leichtigkeit pariert. Die Luft war erfüllt von klirrenden Metallgeräuschen, die wie aufgeregtes Vogelgezwitscher klangen. Die Assassinen waren stark, aber Xenks unglaublichen Fähigkeiten hatten sie nichts entgegenzusetzen.

Edgin, Holga, Simon und Doric sahen gebannt zu, verblüfft über Xenks Tempo, Beweglichkeit und Talent. »Ich bin froh, dass er auf unserer Seite ist«, meinte Holga.

Dreien der Angreifer gelang es, an Xenk vorbeizuschlüpfen und sich auf die vier Gefährten zu stürzen. Holga führte die

Streitaxt mit barbarischer Raserei, Doric verwandelte sich in einen Eulenbär und setzte Klauen und Zähne wie Dolche ein, und Simon versuchte ihnen so gut es ging mit Magie beizustehen.

Einer der Assassinen lief auf Edgin zu. Er wollte gerade zum Todeshieb ausholen, als Simon Magisches Geschoss wirkte und ihn damit zu Fall brachte. Edgin nickte dem Zauberer dankbar zu und zückte seine Laute, wild entschlossen, wenigstens einen der Assassinen damit auszuschalten.

Doch letztlich war es Xenk, der den entscheidenden Beitrag zum Ausgang des Gefechts leistete und nacheinander alle sechs Assassinen niederstreckte. Ruhig und kaum außer Atem drehte er sich zu seinen Begleitern um. »Wir müssen fliehen.«

»Wozu?«, fragte Holga verwirrt. »Du hast sie doch getötet.«

»Es ist nicht leicht, jene zu töten, die bereits tot sind«, belehrte sie Xenk.

Hinter ihnen erklang Knochengeklapper und sie wandten sich um. Die Thayaner erwachten bereits wieder zum Leben. Ihre Wunden heilten und sie standen langsam auf, eifrig darauf bedacht, ihre Mission zu erfüllen. »Bereit für die nächste Runde, Yendar?«, spöttelte Dralas.

»LAUFT!«, rief Xenk den anderen zu.

Sie rannten einen grauen Hügel hinauf, auf dessen Gipfel eine Höhlenöffnung gähnte. Die Assassinen stellten ihnen nach. Geröll löste sich unter ihren Füßen und polterte die Schräge hinab.

»Woraus besteht dieser Hügel eigentlich?«, fragte Doric und hob ein Fragment vom Boden auf.

Sofort erkannten sie, was sie in der Hand hielt – ein menschliches Schienbein! Bei genauerem Hinsehen entpuppte sich der ganze Hügel als riesiger Knochenhaufen.

»Ein Massengrab«, stellte Xenk fest und legte nachdenklich den Kopf schief. »Das war hier früher nicht.«

Doric lud ihre Schleuder mit dem Beinknochen und schoss auf einen Assassinen. Edgin hatte den Höhleneingang erreicht und winkte den anderen zu. »Drinnen können wir sie abhäng…«

FFWUUUSCH! Ehe sie in die Höhle fliehen konnten, rauschte ihnen eine Wolke aus brennbarem Gas entgegen, deren Wucht sie rückwärts durch die Luft schleuderte. Sie flogen an den Assassinen vorbei und landeten unsanft am Fuß des Hügels. Gebannt starrten sie nach oben zum Höhleneingang und trauten ihren Augen kaum. Ein sechs Meter langer, mit leuchtenden Schuppen übersäter Kopf kam zum Vorschein: Er gehörte einem Roten Drachen!

KAPITEL 20

FFWUMMMM! Der Drache spuckte noch einen wabernden Gasball, den Edgin, Holga, Doric, Simon und Xenk an den Wellen erkannten, die den Hügel hinabrollten und die Assassinen umgehend in Panik versetzten. Das Gas stank mörderisch. Langsam schob sich der riesige Rote Drache aus der Höhle und zwängte mühsam sein enormes Hinterteil durch den Eingang.

»Gut genährt«, kommentierte Holga.

Xenk erkannte das Monster. »Das ist Themberchaud. Er muss ein neues Versteck gefunden haben.«

»Ist ihm das letzte zu eng geworden?«, fragte Edgin. Er hatte schon Drachen gesehen, aber noch nie einen so … umfangreichen.

Mit weit aufgerissenem Maul rutschte Themberchaud bäuchlings den Hügel hinab und schnappte nach dem erstbesten Thayaner. Er verschlang den Assassinen am Stück und öffnete den Schlund erneut, hungrig auf sein nächstes Opfer.

»Lauft!«, rief Xenk, wenn auch ein wenig spät, denn die anderen hatten längst die Beine in die Hand genommen und die Flucht ergriffen. Sie rannten im Zickzack durch die Gnom-Statuen und durchquerten die Ruinen, das nimmersatte Biest dicht auf den Fersen. Einen nach dem anderen verschluckte Themberchaud die Thayaner. Gerade als Dralas einen letzten Angriff starten wollte, wurde auch er vom monströsen Reptil geschnappt. Wenn er das nächste Mal wiederauferstand, würde er sich im Drachenmagen wiederfinden.

Die Abenteurer erreichten ein uraltes Steinaquädukt, das einst Wasser in die Gnomenstadt transportiert hatte. Sie passierten einen Lavafall, der prompt eine der Gasattacken des Drachen entzündete. Auf der Flucht vor dem Inferno wären sie fast vom abgebrochenen Ende des Aquädukts gefallen. Gerade noch rechtzeitig kamen sie schlitternd zum Stehen, ehe der steile Abgrund zu nahe kam.

»Hüben!« Simon nahm Maß und öffnete mit dem Stab zuerst ein schimmerndes Portal neben ihnen, bevor er das Juwel berührte, auf die andere Seite zielte und *»Drüben!«* rief. Sie sprangen in die magische Röhre, landeten auf einer Brücke und rannten so schnell sie konnten vor dem Drachen weg.

Aber Themberchaud war immer noch hungrig. Er hatte seine Beute auf der Brücke entdeckt und flatterte eifrig mit den ledrigen Schwingen – allerdings erfolglos. Sein Körper war zu schwer für die Flügel geworden. Edgin warf einen Blick über die Schulter. »Er ist wie ein Huhn!«

Doch ehe er und Xenk sich Holga, Doric und Simon am anderen Ende der Brücke anschließen konnten, hob sich plötzlich der Boden unter ihren Füßen. Themberchaud hatte das riesige Bauwerk gekippt und das Maul aufgesperrt, in der Hoffnung, die beiden Menschen würden einfach hineinrutschen.

»Doch kein Huhn!«, rief Edgin.

Die Strategie des Monstrums ging auf. Auf dem Rücken und mit den Füßen zuerst rutschten Edgin und Xenk unaufhaltsam auf das klaffende Maul zu. Themberchauds langen, scharfen Zähne kamen immer näher und der faulige Gestank seines Atems wurde intensiver. Doch ehe die beiden ins Verderben schlittern konnten, nutzte Xenk den Schwung, um einen riesigen Satz über Edgin hinweg zu machen, auf dem Drachengesicht zu landen und dem Monster das Schwert ins Auge zu stechen. Brüllend vor Schmerzen taumelte Themberchaud rückwärts und ließ die Brücke los. Sie fiel krachend zurück in die Waagerechte und Edgin und Xenk beeilten sich, zu ihren Gefährten aufzuschließen.

Während sie einen breiten Tunnel durchquerten, wandte sich Edgin an Xenk: »Danke dafür.«

»Du hättest dasselbe für mich getan«, antwortete Xenk.

»Ja«, stimmte Edgin zu, obwohl er sich da keineswegs sicher war.

RUMMS! Themberchaud stürmte polternd zum Eingang und zwängte sich gewaltsam in den Tunnel. »Dieser verdammte übergewichtige Drache will einfach nicht aufgeben!«, beschwerte sich Holga.

Aber je weiter das Monstrum versuchte in den Tunnel vorzudringen, desto enger wurde es um ihn und schließlich blieb er stecken. Wütend hauchte er ihnen eine Gaswolke hinterher.

»Kommt«, drängte Doric und lief voran. »Er kann nicht weiter.«

Leider kamen sie nicht weit, denn bald endete der Tunnel an einer soliden Felswand. Eine Sackgasse.

»Wir auch nicht«, meinte Edgin.

Themberchaud wand sich verzweifelt, um dem engen Tunnel zu entkommen, und nach und nach bildeten sich Risse in Boden, Decke und Wänden. Wasser drang ein und stieg rasend schnell an. »Wir werden ertrinken!«, jammerte Simon.

»Mach ein Portal!«, bellte Edgin.

»Das geht nur, wenn ich das Ziel sehen kann!«, erwiderte er entnervt und zeigte auf die steinernen Felswände. »Willst du etwa von der Wand zu der da?«

Das Wasser reichte ihnen bereits bis zu den Knien. Hinter ihnen war der Drache, vor ihnen das Tunnelende. Edgin sah hoch und musterte die Decke. Das Wasser musste irgendwo herkommen. Dieser Durchgang befand sich offenbar unter einem Gewässer.

»Simon«, sagte er, »erinnerst du dich noch an deinen Trick aus Dreieber?«

Simon glotzte ihn an, als hätte er den Verstand verloren. Wieso fing er ausgerechnet jetzt mit seiner Zaubervorstellung an? Sie würden jeden Moment absaufen! »Der mit dem frisch gemähten Gras?«, hakte er atemlos nach.

»Nein. Der Flammenfinger!«

»Ja klar. Wieso?«

Edgin wandte sich zu seiner barbarischen Partnerin um. »Holga, verpass ihm eine.«

»Wem? Simon?«

»Nein, dem Drachen!«

Doric sah ihn verwirrt an. »Du willst ihn noch wütender machen?«

»Auf mein Zeichen taucht ihr alle ab. Simon, ich sag dir Bescheid, wenn du dran bist.« Aus dem Augenwinkel sah er Xenk grinsen. »Was guckst du so?«

»Ein Harfner, der aus seinem Schlummer erwacht«, erwiderte der Paladin.

»Uch«, machte Edgin angewidert. »Holga, mach schon!«

Die Barbarin klappte den Stiel ihrer Streitaxt aus und schlug Themberchaud damit auf den Kopf. »Na, was willst du tun, mein Großer?«, spöttelte sie.

Wutentbrannt versuchte der Drache nach ihr zu schnappen. Je mehr er zappelte und sich wand, desto größer wurden die Risse im Tunnel und desto mehr Wasser drang ein. Die Kammer füllte sich immer schneller.

»Noch einmal, Holga!«, rief Edgin.

Sie schlug erneut zu. Zornig holte das Monstrum tief Luft.

»JETZT!«, brüllte Edgin.

Sie tauchten genau in dem Moment ab, als Themberchaud ihnen eine Gaswolke entgegenschleuderte. Simon steckte den Finger durch die Wasseroberfläche und ließ eine winzige Flamme auflodern.

KAWUMMS! Das Feuer entzündete den Ball aus Faulgas, der umgehend explodierte und die gesamte Tunneldecke fortriss. Ungezähmte Wassermassen drangen ein und die Gefährten wurden umhergewirbelt.

Die gigantische Welle trug Edgin, Xenk, Holga, Doric und Simon bis zum Schwertmeer. Als sie auftauchten, fanden sie sich in Küstennähe wieder und schwammen zum Ufer. Mühsam schleppten sie sich an Land und schlugen an Ort und Stelle ein Lager auf. Noch am selben Abend studierten Simon und Doric eingehend den Helm, während Edgin auf seiner Laute zupfte. Es klang schrecklich. Er drehte das Instrument um und schüttete es aus.

Xenk sah seine Gefährten an. »Hier verlasse ich euch«, verkündete er. »Ich wünsche euch viel Erfolg auf eurer Reise.«

»Du kommst nicht mit uns nach Burg Nie?«, hakte Edgin nach.

»Ich wünschte, ich könnte, aber das ist eure Quest«, erwiderte Xenk. »Ich habe euch das Werkzeug gegeben, nun müsst ihr es einsetzen.«

Simon stand auf, in der Hoffnung, er könne Xenk doch noch zum Bleiben überreden. »Kannst du das Werkzeug nicht für uns einsetzen? Du bist so viel besser als wir im Kämpfen und Pläne schmieden und …«

»So ziemlich in allem, außer reden«, stimmte Edgin zu. »Mit dir zu reden macht keinen Spaß.«

Xenk nickte weise. »In Momenten, da der Glaube schwindet und Zweifel wachsen, erinnere ich mich gern an die Lehre der Alten, die uns vermittelt, dass …«

»Meine Rede … Wir sehen uns!«, unterbrach ihn Edgin. Er konnte Xenks weises Geschwafel nicht mehr hören.

Der Paladin erlaubte sich ein kleines Lächeln und hielt Edgin die Hand hin. Nach kurzem Zögern ergriff er sie. Dann wandte Xenk sich ohne ein weiteres Wort ab und ging. Sie sahen ihm hinterher.

»Da geht er hin«, kommentierte Edgin. »Einfach fort.«

»Er weiß, was er tut«, meinte Holga.

»Genau wie wir«, stellte Edgin klar und hob den Helm hoch. Einer der letzten Sonnenstrahlen des Tages traf aufs Metall und brachte es zum Schimmern. »Hiermit kommen wir in die Burg und klauen Forge sein letztes Hemd.«

»Und wenn wir das geschafft haben, stürzen wir den korrupten Lord von Niewinter und du bekommst deine Familie zurück?«, fragte Doric.

Edgin lächelte. »Das ist der Plan. Aber vorerst lasst uns den heutigen Triumph genießen. Wir haben die thayanischen Assassinen besiegt, den Drachen geschlagen und sind mit dem Helm der Auftrennung aus dem Underdark entkommen.«

»Na ja, eigentlich hat der Drache die Assassinen besiegt«, korrigierte Holga. »Indem er sie gefressen hat.«

»Und wir haben den Drachen nicht wirklich geschlagen«, ergänzte Simon. »Sondern ihm eher ein ausgiebiges Bad verpasst.«

Edgin lächelte unbeirrt. »Was zählt, ist, dass wir eine effiziente Diebesbande sind. Auf uns!«

»Auf uns!«, wiederholten die anderen drei, bereit fürs nächste Abenteuer.

ENDE